目次

登場人物（年齢は二〇一三年時点のもの）

柚木《ゆずき》しおり（27）推理小説家。
弓島敦夫《ゆみしまあつお》（28）しおりの元夫。
大久保登美子《おおくぼとみこ》（51）大久保不動産社長。
大久保隼人《はやと》（26）大久保不動産社員。登美子の息子。
山口《やまぐち》あかね（30）隼人の婚約者。
柚木渉《ゆずきわたる》（31）大久保不動産社員。しおりの兄。
松崎正志《まつざきまさし》（29）大久保不動産社員。
橋口健太郎《はしぐちけんたろう》（58）大久保不動産監査役。
辻村葉子《つじむらようこ》（41）バー「はまなす」のママ。
須藤幹夫《すどうみきお》（20）轢《ひ》き逃げ犯。
山本翔一《やまもとしょういち》（20）轢き逃げ犯。
宮崎静江《みやざきしずえ》（50）大久保登美子の中学校の下級生。
舟見俊介《ふなみしゅんすけ》（38）湯ノ川《ゆのかわ》警察署警部補。
山形一郎《やまがたいちろう》（47）湯ノ川警察署警部。
ジャン・ピエール・プラット（14）フランス人青年。

物語地図

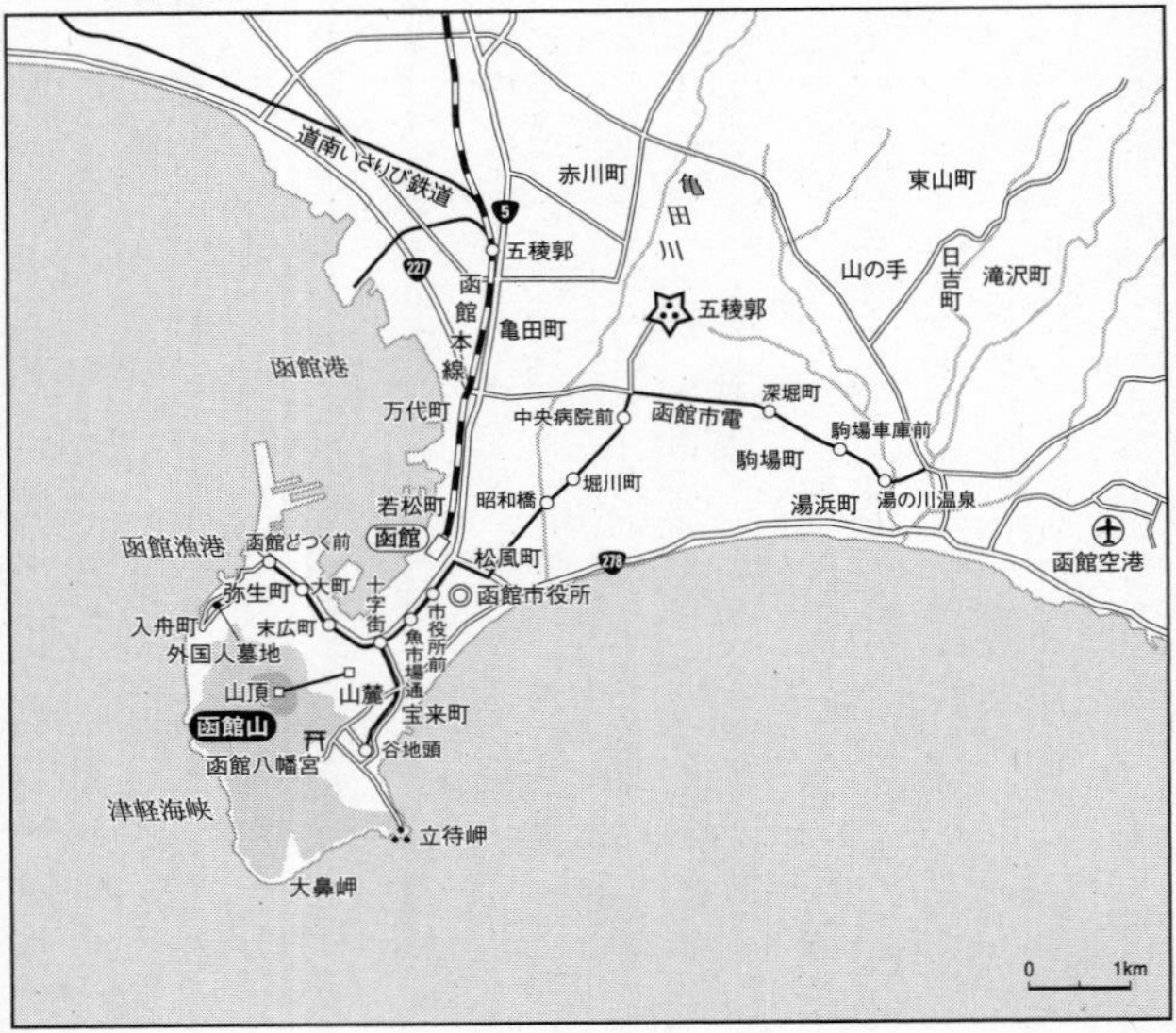
道南いさりび鉄道
赤川町
亀田川
東山町
五稜郭
山の手
日吉町
滝沢町
函館本線
五稜郭
亀田町
函館港
万代町
中央病院前
函館市電
深堀町
駒場車庫前
駒場町
堀川町
昭和橋
若松町
函館
湯浜町
湯の川温泉
函館空港
函館漁港
函館どつく前
松風町
弥生町
大町
十字街
函館市役所
入舟町
末広町
市役所前
外国人墓地
魚市場通
山頂
山麓
宝来町
函館山
谷地頭
函館八幡宮
津軽海峡
立待岬
大鼻岬
0
1km

第一章　入舟町《いりふね》の事件

1

俊介《しゅんすけ》がジャン・ピエール・プラットと知り合い、かれのおかげで恵山《えさん》国道の難解な連続殺人事件を解決することができたのは一昨年、二〇一六年だった。その後このフランス人青年に協力をあおぎたい事案が発生しなかったので、次第に連絡も途絶えていたが、そのことを考えるうちに、俊介は過去の未解決事件について、ジャン・ピエールに相談してみたらどうだろうかと思い立った。

きっかけは、美貌の推理作家としてこのごろ注目されている柚木《ゆずき》しおりの作品を読んだことだった。しおりは函館《はこだて》の出身であるだけでなく、二〇一三年に起きた一連の事件の関係者でもあった。当時は東京でバー勤めをしていたが、いつのまにか小説家に転じて、しかも「夏樹静子賞」を受賞して今後を期待されている。

事件というのは、函館市南西部の入舟町《いりふね》と、次に俊介たちの湯ノ川《ゆのかわ》署管内である湯浜町《ゆのはま》、それから函館山の南東端、立待岬《たちまちみさき》で起きた、計三件の殺人と傷害致死事件である。日付は接近しているが別々に発生し、所轄も異なっていたので、すべてを俊介たちが担当したのではないし、隅々まで調べたわけでもない。ただしこの三件は、関係者の一部が重複している点が注目されていた――それが偶然の結果なのかそうでないのか、いまだにはっきりしていない。

柚木しおりの作品は――当然といえば当然だが――かならずしも事件を反映したものではなかった。ただ、最初の「神さまのおくりもの」を読み終えたとき、俊介は五年の歳月をずいぶん大きなものに感じた。刑事生活は十年一日のごとくだけれど、バーのホステスだった女が五年のあいだに推理小説家になり、化粧ばえのする近影を著書の表紙に載せて売り出している。函館の書店はどこも、地元の作家だというので、ポスターを貼り出し、ポップを立てて応援に努めている。「文教堂《ぶんきょうどう》」のレジの近くでしおりの写真と名前の大きな文字を見かけると、五年間も放り出してしまっていた！　という反省がこみあげてきて、俊介は頭の片隅に押しやっていた当時の事情を、あらためて振り返ってみようという気になった。

正直に言えば、反省よりもジャン・ピエールに頼りたい気持ちが先立っている。なにしろあの子は、おれ一人じゃなく、函館方面本部が――しおりの作品名をもじって言えば

——神から授かった贈り物なのだから、ジャン・ピエールを活用しない手はないのだ。詰めるべきところを詰めてから、ジャン・ピエールに相談してみよう。そんなふうに考えて、俊介は二〇一三年の三事件をもう一度整理するために、知り合いの刑事たちと連絡を取りはじめた。桜が終わった五月下旬のことだった。たまたま翌日には、「道新《どうしん》」夕刊に掲載されたしおりの大きな紹介記事も見かけて、俊介はさらに背中を押される気分だった。

2

時系列からすると、最初に起こったのは二〇一三年三月八日、入舟町の弓島敦夫《ゆみしまあつお》殺害事件だ。西署《にししょ》の管轄だった。弓島は二十八歳、離婚歴があるが当時は独身で、函館駅近くの貨物の配送センターに中途採用されて一年ほど勤務していた。

弓島の遺体が発見された現場は自宅のすぐ近くだった。入舟町の奥まったあたりは高さ十メートルの崖が海岸に迫って、崖の上と下とにそれぞれ細い一本道が昔から通り、下の道には古い民家が、上の道にはおもに墓地が両側に並んでいる。墓地の中には観光名所の「外国人墓地」があって、キリスト教とロシア正教と二カ所に分かれて道を挟んでいる。弓島の家は上の道をしばらく進み、墓地を通り過ぎたあたりだった。この上下の道の全体が入舟町だ。昭和のなかばまで漁師町として賑《にぎ》わっていたが、今では多くが漁業を離れ、町を離れ、住み替わるうちに壊れた家もあって、さびれながらひっそり長らえている感じだった。函館の漁村はどこも似たようなものだ。

帰宅途中、崖上の空き地で弓島は何者かに襲われたらしい。さらさらと舞う雪の中だった。棒状の鈍器で後ろから側頭部を殴られ、それがほとんど致命傷だったが、倒れたところを刃物で首筋をえぐられていた。函館の三月上旬はまだ寒く、根雪も残っている。厚手のコートを着込んだ男を殺すのに、棒と刃物というのは、まず順当なやりかただった。出血が激しかったはずだが、犯人が雪を攪乱《かくらん》した上にさらに新雪が積もったせいで、翌朝血の色はどこにも見あたらなかった。弓島の遺体はその空き地から崖下へ投げ落とされた。崖の途中には雑木が伸び放題に茂っていて、遺体はすぐに木の根に引っかかったが、積もった雪が沈むのと降る雪が覆うのとで、すべては覆い隠された。いざこざらしい声も物音も、近所ではだれも気づかなかった。雪が物音を吸い取る、というのもよく言われる話だ。雪は九日朝までさらさら降りつづけた。

入舟町は、函館山の西の斜面が急勾配の崖になって海に落ちていく地域で、朝陽は当たらないかわり、午後から夕方にかけては目の前の函館湾もろとも、陽射しが輝き、照り返してあたりを金色に染める。一週間あまりが過ぎ、陽気も春めいてきた十六日午後になって、下の一本道沿いの住人が、崖の途中にキラリと光るものを見つけ、ようやく弓島は発見されることになった。光っていたのは、弓島の顔から外れかけたメガネのレンズが、いくらか溶けた雪の中から覗《のぞ》いて夕陽を反射したからだった。

殺人事件だというのでぞろぞろ集まってきた近所の住人たちが、遺体はすぐそこの崖上に住んでいる弓島敦夫だ、と口を揃えた。

呼び出された弓島の母親はしばらく口がきけず、年寄り連中に代わる代わるなぐさめられていた。やがて、八日の朝、息子はいつも通りに会社に出たまま帰ってこなかった、と説明した。九日には会社からも無断欠勤の連絡が来ておかしいと思ったが、今までも気ままに暮らしてきた一人息子なので、さほど心配はしていなかったという。どこかに女でもできて、しばらくそっちで暮らすつもりでいるのだろうか、それともまた職を探しに内地へ出かけたのだろうか、などと七十歳の母親はぼんやり思いなしていた。

弓島は財布と携帯電話、免許証を所持していなかったので、行きずりに襲われた強盗殺人事件だという見方が当初有力だった。弓島のコートのポケットから、十字街《じゆうじがい》の電車通りにある中華料理屋「ヤン衆飯店《しゆうはんてん》」のレシートが出てきた。八日午後十時十分に発行されたもので、調べてみると、弓島は七時ごろ会社を出て、市電に乗って十字街で降り、「ヤン衆飯店」に寄って、十時十分まで一人で飲食したことがわかった。

十字街も、函館西部が賑やかだった時代には市内随一の繁華街だったが、今ではその面影としては、駅方向から来た市電が、南西の「函館どつく前」方面と南東の谷地頭《やちがしら》方面と、二路線に分岐していることぐらいだ。十時二十分が「函館どつく前」行きの終電である。一週間以上経過しているので、市電の運転手や乗客から目撃証言は得られなかったが、弓島はその終電に乗ることが多かったらしい。

「ばかくさい」と言ってふだんタクシーを使わなかった弓島は、電車がなくなれば雨だろうと吹雪だろうと、十字街から入舟町の自宅まで、一時間かけて歩いて帰ったそうだ。事件当日は雪だったから、市電で「どつく前」まで運んでもらえば、残りの距離はおよそ半分で、それだけ助かったはずだ。十時半に「どつく前」着、それから三十分歩いたと見て、十一時前後に自宅付近まで来られる。襲われたのはおそらくそのころだろうと推定された。

十一時となると、強盗説はしぼまざるを得なかった。ほとんど人通りの絶えた深夜の雪道で、えんえん雪を身に纏《まと》わせながら獲物を待ち受ける酔狂な強盗などいないだろうし、実際いたためしもない。そうなると弓島に狙いを定め、殺意を抱いて待機していた犯人像が浮かび上がる。隠れひそむ場所なら、墓地の塀や物置の陰など、いくらでもあたりに暗がりがある。そうでないまでも、日ごろ恨みを抱いていた顔見知りの者が、たまたま通りあわせた結果の犯行だったかもしれない。財布その他の盗難は、物取りの仕わざに見せかけるための工作だったのだろう。

遺体は雪に一週間以上埋まって冷え切っていたので、死亡推定時刻には幅があって、三月八日朝から九日朝ぐらいの犯行と推定されるだけだったが、胃の内容物が「ヤン衆飯店」で食べたとおぼしい餃子とビールをかなりの程度とどめていたので、殺害は八日の夜十時過ぎに店を出てから一、二時間後だろうと結論が出された。つまり、およそ八日午後十一時から十二時のあいだに襲われたことになる。この結論は、市電を降りて自宅付近まで歩いてきたところを狙われたらしい、という現場の状況からの推測にも合致していた。

遺体発見現場付近を捜索したところ、根雪と混ざった下層の雪から、赤いシャーベット状の血痕がいくつか発見され、弓島のものと特定された。犯人が雪をかき混ぜて血痕を見えなくした上に、新しい雪が積もってあたりを均《なら》したものらしい。函館は九日夕方にも約一センチの積雪があり、それからしばらく好天がつづいていた。周囲をさらに大々的に掘り返してみると、遺体の近くから、血まみれの金属バットと包丁も発見され、これが第一、第二の凶器だと判明した。ただし両方とも安価な大量生産品で、出所を探し当てることは難しそうだった。

弓島の会社での評判は悪くなかった。腰の低い、真面目な男で、トラブルは考えられないという。ただ、飲みに行くと不機嫌になることがあって、ささいなことからケンカになる場面を目撃した同僚もいる。

「ヤン衆飯店」の亭主によると、弓島は週に一度ぐらい顔を見せはじめてもう二年になる贔屓《ひいき》客で、注文はほとんど餃子とビールだけ、一人でテレビを見たりマンガ週刊誌を読んだり、たまに仕上げにラーメンをすすって帰るおとなしい男だった。それでもこの二年のあいだに二度ばかり客と口論になり、一度などは――前年二〇一二年の末だった――表へ出て殴り合いになり、亭主が止めて警察に通報したことがあるという。

たしかに十字街交番の巡査が駆けつけ、説諭したことを記憶していたが、記録は残していなかった。そのときの口論の相手は、名前もわからず、以後店には現れていないというので、この男を捜すことがとりあえず西署の刑事たちの仕事になった。

弓島が好んでいた飲食店は、「ヤン衆飯店」のほか、十字街にもう一軒あるきりだが、昔松風《まつかぜ》町の「はまなす」というバーに通って、そこのホステスと一時結婚していた、という話を刑事が聞きつけてきた。弓島の結婚と離婚の経緯が明らかになったのは、この「はまなす」のママ、辻村葉子《つじむらようこ》（当時四十一歳）の協力によるところが大きい。

3

「はまなす」は函館では数少ない高級店で、弓島がここを最初に訪れたのは二〇〇八年ごろ、前に勤めていた運送会社の専務に連れられてのことだった。ところが弓島は、専務のテーブルについたホステスしおり（柚木しおり、〇八年には二十二歳）に一目惚れし、以後週一回、一人で通ってしおりを指名しつづける。愛嬌はあるのに商売っ気がなく、いつもきょとんとしているしおりのアンバランスさを面白がる客は少なくなかったが、弓島もそれにはまったらしい。ハイボールを一杯か二杯ちびちび飲んで帰るだけなので、店にはありがた迷惑だったが、最初はママもしおりも好印象を受けて、真面目そうないい人じゃないの、などと言った覚えも葉子ママにはある。弓島を連れてきた専務も、弓島が通い詰めていると聞いて驚いたが、あいつならしっかりした男だから、しおりさえいいならなんとかなるかもしれないと言っていた。

しおりは函館市街から北へ車で一時間行った七飯町《ななえ》仁山《にやま》の食料品店の娘で、葉子ママとは従姉妹《いとこ》同士にあたり、その縁でママに誘われて、デパート店員から転職してバー勤めをはじめたところだった。従姉妹といっても育ちが違い、しおりは当時、夜の仕事になんとなく後ろめたさを感じていたので、弓島はそこにつけこんだのかもしれない、と葉子ママは後に振り返った。弓島が通いはじめて一年たったころ、初めて店の外で会うことになり、まもなくしおりはプロポーズされ、多少悩んだ末にそれを受けた。趣味は読書だ、としおりが言うと、弓島がうなずいて、おれも本を読むようにするから、と言ってくれたのが決め手だった、としおりは語っていた。二〇〇九年の秋、二十四歳の新郎と二十三歳の新婦の結婚式は函館八幡宮《はちまんぐう》と五島軒《ごとうけん》で五十人規模で行われ、まずまず普通の新家庭の出発と思われた。

弓島が現れる前、専務やほかの客とのあいだになにかなかったか、しつこく聞き出そうとするので、弓島はずいぶん嫉妬深い男だ、としおりは結婚前から感じていたらしい。それでも、バー勤めは結婚と同時に辞めることになっていたので、大きな問題にはならないだろうと高をくくっていたが、弓島にとっては辞めればすむ話ではなかった。結婚前にしおりと交際があった男をすべて聞き出そうとし、そういう男たちと今でも会っているのではないかと疑い、あまりのしつこさにしおりが反発すると、弓島は簡単に手をあげてしおりを殴った。

その後暴力は日常化した。しおりは小説を読んでいるだけで殴られることもあった。どうせくだらないセックス話だろう、などと罵《のの》られ、反論する気も失《う》せていったし、反論は火に油をそそぐだけだとわきまえるようにもなった。そのうち、弓島のパソコンの電源コードを掃除機で引っかけて抜いてしまった折りには、何度も殴られて顔が腫れ上がり、病院に駆け込むほどだった。そういうときの弓島の決まり文句は「水商売あがり」という罵りで、それは百も承知ではないかとつい言い返すと、またさんざんに殴られた。

病院に駆け込んだころから、しおりは事情を葉子ママに相談した。葉子ママは、あのおとなしそうな弓島が、と絶句したが、家庭内暴力の加害者がえてして表むき愛想のいい男だと知っていたので、すぐに気持ちを切り替え、離婚を念頭において「はまなす」の客である弁護士を紹介した。同時に最初に弓島を連れてきた専務にも事情を打ち明けたところ、専務は良かれと思って会社で弓島を怒鳴りつけて説教したものだから、弓島は激高して帰宅し、やはり専務と関係があったのかとわめきながらしおりを殴り、蹴り、このときは肋骨にヒビが入ったのでしおりはふたたび入院しなければならなかった。

七飯町の両親は、娘に暴力をふるう夫は許せない、即刻離婚だと言って病院から実家へ娘を連れ帰り、弓島が訪ねてきても会わせなかった。しおりの四歳上の兄柚木渉《わたる》は、函館の中堅不動産会社の社員で「はまなす」にも客としてときおり顔を見せていた。両親以上に弓島に対して腹を立て、「一発ヤキ入れてやらねばなんねえ」とまで言ったが、もう離婚手続きに入るところだから余計なことはしないでくれ、としおりは入院中のベッドから兄の腕を摑んで哀訴した。

離婚については、葉子ママが紹介した弁護士が慰謝料請求も含めて進めてくれた。弓島は手のひらを返したように低姿勢になって、しおりに詫《わ》びを入れさせてくれとくどくど葉子ママに懇願したが、ママはもちろん聞き入れなかった。この離婚に同意しなければおまえはクビだ、同意すれば慰謝料の半分ぐらいは会社からおまえに貸し出してやる、と専務に恫喝《どうかつ》されて、弓島はしぶしぶ署名捺印したらしい。だがそのうち、自分から会社を辞めてしまった。退職金はそのまま慰謝料に消えた。

離婚は二〇一一年の早春だった。すぐに東北の震災が起こったから、弓島が会社を辞めたのは、なにか復興関連の仕事に当てがあったからかもしれないが、いずれにしろ半年後の二〇一一年秋、弓島はふたたび「はまなす」で働き出したしおりの前に現れ、あらためて過去を詫びて二人の生活をやり直そうと迫った。新しい就職口を得て、現在は入舟町の実家に住んでいるとのことだった。

弓島の謝罪は熱心で丁寧だった。しおりだけを愛していると言い、愛する女がもっと自分だけのものになってほしいと、つい貪欲な気持ちになってしまうのがいけなかったと懺《ざん》悔《げ》した。しおりは弓島が泣きながら手を握るのにまかせるほかなかったが、冷静になると今さら元に戻れるとは思えなかったし、葉子ママは断固として、弓島の謝罪を受け入れるべきではないと主張しつづけた。

案の定と言うべきか、しおりが最終的に拒絶すると、弓島はしおりのアパートを頻繁に訪れ、一度などは無理に上がり込んで酒臭い息で怒鳴り、しおりを突き飛ばした上、椅子などを投げ飛ばして暴れたので隣室の住人が警察を呼ぶ事態になった。その機会に、念のため弁護士から教えられていたとおり、しおりは駆けつけた巡査に訴えて、ストーカー規制法にもとづく警告を発してもらった。連行される弓島からしおりが最後に聞いたのは、「いいか、おまえ殺しておれも死ぬからな」という一言だった。

聞いた巡査は弓島の顔を平手で張って、「脅迫罪もつけてほしいってか」と言って笑ったが、しおりがすっかりおびえてしまうにはその一言で十分だった。住居侵入と傷害の判決が確定し、執行猶予がついて弓島が釈放されるまでの三か月のあいだに、しおりは函館を捨てて東京へ出ようと決め、葉子ママの知り合いが勤める新橋《しんばし》のバーに雇ってもらうことになって出発した。それが推理作家柚木しおりの運命の転機だった。

二〇一二年——弓島殺害の前年にあたる年——が明けると、弓島はふたたび「はまなす」の周辺や、七飯町のしおりの実家周辺をうろつきはじめた。だがしおりの居所を知っているのは葉子ママ一人で、ママは最初のうち親にも兄の渉にもそれを知らせず、もちろん弓島に教えるつもりなど毛頭なかった。

夏になって、弓島がおどおどした様子で「はまなす」のドアを開き、ママにしおりは元気でやっているかと尋ねたときも、元気かどうかさえ自分は知らない、とママは言い返した。弓島はどこで聞きつけたのか、しおりは東京へ行ったらしいんだけど……と言ってママの顔をうかがった。ママは知らないの一点張りだった。

「はまなす」に来たのはそれが最後になったが、十一月の初雪のころ、閉店のために看板のスタンドを片づけていると、離れたところから弓島がこちらをうかがっているのが見えたことがあった。気づかないふりをしたし、いちいちしおりにも知らせたりはしなかった。兄の渉がママに話したところによると、秋口に実家からやや離れた倉庫の陰に弓島らしい男が立っていて、渉が近づくと走って逃げたという。まだまだ油断はできない、というのがママの判断だった。ただ幸い、しおりは新橋のバーでうまくやっているらしく、何より弓島から離れられて生き生きしていると、このあいだも人づてに聞いたばかりだった、とママは語った。東京では読書の趣味も役に立って、編集者などがしおりに興味をもつらしい。

そんなこともママは渉に教えた。

一二年暮れには七飯町の実家も、東京で落ち着いたしおりの新生活について情報を得て満足していた。兄の渉が東京出張の際にしおりに会って元気な様子を確かめてきたし、両親も一三年の正月に東京を訪れ、はとバス観光を楽しみ、近所のカラオケ仲間の誰一人まだ行ったことのない東京スカイツリーにもしおりと一緒に昇ってきた。

短かった弓島との結婚生活について、弓島の母親の言い分は葉子ママとはすっかり違っていた。息子はやさしい子で、暴力などふるうはずはない、水商売あがりの女に騙されて、手玉に取られて捨てられたようなものだ、はやく別の人を見つけて、自分の目の黒いうちに孫の顔を見せてくれと言うと、そうだなあ、と弓島は笑顔で答えていたという。

「だけど婆ちゃん、敦夫は嫁さんばぶん殴ってケガさしたんだってよ」と西署の刑事が言うと、

「どっこに、ほいどの医者さねっぱって――」と母親は答えたらしいが、この地域の年配者の浜言葉を正確に理解する者はその場に居合わせなかったので、詳細はよくわからなかった。

その後会社などで聞き込みを重ねても、弓島の女関係は離婚したしおり以外には出てこなかった。仕事上のトラブルもとくにないらしく、会社では愛想がよく、驚くほど腰が低かった。小さな前科がある身の上に引け目を感じていたのではないか、と指摘する上司もいたほどだった。

そこでとりあえず西署では、柚木しおりの東京の住所と電話番号を、葉子ママから聞き

出し、警視庁に応援を依頼して品川《しながわ》区戸越《とごし》の自宅を訪ねてもらった。それが三月十九日のことだった。

西署の刑事が直接しおりと電話で話したところでは、しおりは函館を離れてから一年以上北海道の土を踏んでいないとのことで、年末年始も弓島の来訪を恐れて七飯町の実家に帰らなかったという。

弓島の遺体発見のニュースは東京の新聞にも小さく出たようだが、しおりは気づかないままで、葉子ママから電話で教えてもらい、膝ががくがく崩れるほど安堵の波に呑まれたという。「こんなこと言ったら申し訳ないですけど、うれしかったんですね」としおりは告白した。だが落ち着いて考え直してみて、自分も一度は故人の妻だったことを考慮して、できるものなら葬儀に出たいと思っている。遺族の意向で困るということなら、斎場の外から手を合わせるだけでもよく、自分の気持ちに整理をつけたい。間に合うかどうかわからないが、二十一日の函館行き航空便のチケットをとりあえず入手したところだ、と西署の刑事に電話口で語っていた。

一か月近くたってから、写真の弓島によく似た男が三月八日に一人でシングルルームに宿泊したと思う、という「ヤン衆飯店」近くのホテル従業員の証言を捜査員の一人が仕入れてきた。だが、弓島が函館でホテルに泊まるとは考えにくい上、翌九日朝にチェックアウトしたというその男の行動は、死亡推定時刻から大きくずれている。従業員の記憶も曖味だったので、勘違いだろうと結論づけられた。念のため宿泊カードを調べてみたが、カードには弓島の名前も、弓島らしい筆跡も残されていなかった。出てきたのは遠山和雄《とおやまかずお》という名前で、弓島に似た男は遠山と名乗り、八日午後十時ごろ外出先から帰って、カードキーを受け取って部屋に入った、というのが従業員の記憶だった。車で来た客はフロントを通らなくても出入りできるので、外出のたびにキーを預けない客も多いが、この客は律儀にお預かりボックスにキーを入れていったのだな、と思ったので覚えていたのだという。翌朝遠山のチェックアウトを担当したのは別の従業員だったので、こちらの従業員に訊いてみると、写真の弓島には見覚えがないと言い、はっきりしないが、たぶん遠山和雄はこの人ではなかったのではないかと首をかしげるばかりだった。遠山がカードに記入した住所も、札幌市内の架空の所番地だった。

そのホテルに柚木しおりが来ていた可能性でもあれば、と期待を寄せる捜査員もいないではなかったが、しおりの回答はそんな期待を肩すかしにした。三月二十一日が、東京へ出てから初めての帰郷だという返答に変わりはなかった。

警視庁の捜査員がしおりを訪ねて聞き出した内容も、電話での受け答えと同じで、事件の前後しおりは旅行に出たことさえなく、三月八日もいつも通り新橋のバー「シャブラン」に六時から十一時まで勤めていることがわかった。金曜日の忙しい夜で、目撃者はいくらでもいるという。

　捜査員が訊いたところ、「シャブラン」のママや同僚のホステスたちは、しおりと親しい客として、吉川新太《よしかわあらた》という出版社勤務の男の名をあげた。のちにしおりと結婚したばかりでなく、彼女の小説を出版しはじめた会社の編集者だ。「シャブラン」の客だった吉川と、東京へ出てまもなくから、しおりは親密な関係にあったらしい。その点はしおり本人も否定しなかった。「あの人、私が昔の話をしたがらないから、興味を持ったみたいで」としおりは捜査員に語ったという。

　吉川新太のアリバイも、警視庁では調査したが、こちらもシロ、三月八日はとある有名作家に会うために京都《きようと》市内の小料理屋に夜の九時までいて、その日はビジネスホテルにチェックインしたというウラがすぐに取れた。京都最寄りの空港は伊丹《いたみ》だが、伊丹―函館間の直行便は一日二本しかなく、夜間は運航していない。一時間かそこらで函館に現れるのは到底無理な話だった。しかも吉川は、九日朝八時には烏丸《からすま》通りの顔なじみの喫茶店でモーニングセットを注文していた。

　函館西署としては、弓島周辺の人間関係を調査する中で、一度は警察沙汰にまでなった元妻とのトラブルを簡単にあきらめるわけにはいかなかった。東京のしおりと恋人がシロなら、地元の肉親はどうかと、しおりの両親と兄の渉のアリバイを詳しく調べたが、曖昧な点は浮かばなかった。両親は八時に店じまいをしてから、近所の友人宅のカラオケ大会に出かけて深夜〇時近くまでそこにいたという。

涉は仕事が長引いて、勤務先の女社長と一緒に十時近くまで会社に残り、それから社長の行きつけの五稜郭《ごりようかく》町の料亭に深夜〇時まで滞在、自分は飲まずに食事だけつきあい、その後社長を湯浜町の自宅に車で送り届け、いつものように寝酒をつきあってからゲストルームに泊まったという話だった。社長大久保登美子《おおくぼとみこ》は、二〇一三年には五十一歳、柚木涉とのあいだに秘密の関係があったらしいが、それは今回の事件には直接関係がない。それが関係するのは、まもなく起こった大久保登美子殺しの事件のほうだ。

さて、弓島敦夫の通夜は実家で三月二十一日にとりおこなわれた。当日は函館出身の人気グループのコンサートが市内で行われるために各地からファンが押しかけ、飛行機のチケットが入手困難でホテルも満員だ、といった話が法要のあとの酒席で出ていた。柚木しおりが駆けつけると、「ほんとはコンサートさ行くつもりでこっちに来たんでないの」と陰口をたたく者もいたが、「わざわざ東京から来たんだから」という故人の叔父の判断で、しおりも参列することを許された。東京で美貌をみがいたしおりが、黒のベールつきの帽子をかぶってしおらしくしているのをあらためて見ると、「あんなベッピンに手エあげて別れるなんて、敦夫ももったいないことしたなア」と、男たちは苦笑まじりにささやき合った。叔父は自分の判断に満足しながら、いつまでもしおりに酒の相手をさせていた。

翌二十二日には、弓島の携帯電話の履歴が電話会社によって開示されたが、仕事関係の連絡ばかりだった。ラインなどには登録していなかったし、東京など遠距離からの連絡も見あたらなかった。

ただ一件、事件当日の八日午後九時五十分に公衆電話からの着信があり、弓島は三分間会話している。それは記録された最後の通話だった。弓島はこの電話を「ヤン衆飯店」にいるあいだに受けたに違いない。確かめてみるとそのとおりだったが、電話が来ると弓島は「もしもし」と言いながら外へ出ていったので、通話の相手や内容は店員たちにはわからないという。おそらく犯人からの電話で、待ち合わせをしていた「ヤン衆飯店」に今夜は行かれないと通告があり、だから弓島はまもなく帰ることにしたのではないか。犯人はその電話によって、弓島が何時ごろ電車に乗って自宅付近まで戻ってくるか、おおよそ予測することが可能になり、雪の中で今か今かと長時間待つ必要はなくなったはずだ。

だが、それが誰からの電話なのか、まったくもって見当がつかなかった。事件にはやはり、離婚した柚木しおりとのトラブルが関係しているのだろうか。それにしてもしおり自身をはじめ、関係者全員にアリバイが揃っている以上、ほかの線を探らないわけにもいかない。そこで当面は、現場を通りそうな入舟町の崖上の住民に片端から聞き込みをかけるとともに、前年末に「ヤン衆飯店」で弓島とケンカしかけた男を捜すことに重点が置かれ、「ヤン衆飯店」店主と十字街交番の巡査に協力を求めて、男の似顔絵も作成した。だが、市内の盛り場からその男の情報はいっこうに集まらなかった。旅行者だったのかもしれない。最近の若い世代は——というか、現在四十三歳の俊介たちから下はだいたい——函館らしい言葉遣いがなかなか出なくなっているから、ちょっと話しただけでは東京や札幌《さっぽろ》あたりからの旅行者と区別がつかなくなっているのだ。

西署の捜査本部がため息をつきはじめた二十二日の金曜日、今度は俊介の所属する湯ノ川署の管内で事件が起きた。第二の、大久保登美子殺害事件である。

第二章　湯浜町《ゆのはま》の事件

1

大久保不動産社長大久保登美子の自宅は、湯ノ川署から遠くない湯浜町で、湯ノ川の温泉街の外れの保養施設を改造した邸宅だった。そこに事件当日の三月二十二日、登美子のほか、柚木渉（当時三十一歳）と松崎正志《まつざきまさし》（当時二十九歳）の二人の部下、登美子の息子の隼人《はやと》（当時二十六歳）の三名が泊まり込んでいた。

登美子は深夜〇時には二階の自室で就寝し、男たちは午前二時ごろまでビールを飲みながら三人マージャンをして、その後隼人は登美子の隣りの自室に上がり——登美子の部屋は覗かなかったと述べた——柚木と松崎は階下のゲストルームのツインベッドにそれぞれもぐり込んで、朝まで眠ったという。誰も不審な物音には気がつかなかった。

翌二十三日は土曜日で、男たちは朝が遅かった。十時になって、登美子が起きてこないのを心配した柚木が部屋を覗くと、窓が開いて冷え切った部屋の中、血まみれのベッドの上で登美子は息絶えていた。そのとき息子の隼人は、登美子の隣りの部屋でまだ熟睡していたという。

二十二日は午後七時ごろからその冬最後の雪が降って、午前一時半ごろやんでいた。湯ノ川署員が駆けつけてみると、門の内外の雪の上に、男物のブーツの足跡がくっきり残され、邸《てい》の玄関先の庇《ひさし》に入ってまた出てきている。往路の上に復路の足跡が自然なかたちで重なっていたから、犯人は雪がやんでから邸にやってきて、こっそり玄関をあけて侵入し、靴を脱ぎ、階段をあがって犯行におよび、また同じ道を引き返したのだろうと、最初署員たちは考えた。

ブーツの足跡は二十七センチ、体重は六十キロ以上と推定された。足跡の起点と終点は、大久保邸を出て、舗道の端を南へ五十メートルほど歩いた先にある屋根つきの駐車場だった。駐車場内にもいくつか同じ足跡が見つかったから、ここに車を一時的に停めていたのだろう。そこから出ていった車のタイヤ痕は複数検出された。

登美子の死亡推定時刻は、午前〇時から二時までと判定された。つまり三人がリヴィングでマージャンをしていたあいだの犯行ということになる。雪がやんでからの犯行ならば、午前一時半から二時のあいだと限定される。

玄関ホールと三人が卓を囲んでいたリヴィングとのあいだは、右へ曲がって五メートルほど、廊下の途中にガラスのドアが一枚あるきりだが、牌《パイ》の音とつけっぱなしにしていたテレビの音にまぎれて、玄関の物音には三人とも気づかなかったようだ。ただし三人のうち二人——松崎正志と大久保隼人——は喫煙のために、約一時間ごとに玄関ホールに出て、巨大な空気清浄機を三和土《たたき》の隅に置いた喫煙所でしばらく過ごしていたし、ガラスドアの先のトイレまでは三人とも何度か行き来していた。リヴィング内から直接玄関は見えないが、階段の途中はガラスドアの向こうに見えている。

玄関の鍵については、午前二時に寝る前に大久保隼人が施錠し、タバコを喫《す》うために玄関ホールに出ていた松崎正志がそれを見ていたと証言した。鍵は内側からならツマミを横にひねるだけのシリンダー錠だが、動きがやや硬く、細工で簡単に開くようなしろものではない。鍵は翌朝まで施錠されたままだった。

だが、奇妙な遺留品がすぐに見つかった。登美子はベッドで、ドアに背を向けて横向きに寝ているところ、胸を鋭利な刃物で一突きされて失血死していた。そのベッドと反対側に位置する窓が半分以上開けられ、鉄の手すりに細いロープが結びつけられて地上へ垂れ、しかもロープはかすかに血に汚れていたのだ。犯人は犯行後、ふたたび玄関を通ることを危険と見て、ロープを頼りに窓からの脱出を試みたのだろうか。

窓の手すりも、ロープが垂れている地上のコンクリート帯の部分——いわゆる犬走りで、八十センチの幅で屋敷を一周していた——も、平らな屋根が張り出しているので雪がかかっていない。犯人が無事にコンクリートの上に着地できれば、帯部分をそのまま伝うことによって、雪に足を踏み出さずに玄関先の庇に到達することもできる。

ところが調べてみると、現場の手すりからロープを伝ってコンクリート帯に降りてのち、玄関の庇の下に達するまでの七、八メートルを歩いた靴や靴下の足跡は見つからなかった。その代わり見つかったのは、門から入ってきて庇の中にいったん消えた靴の足跡が、庇を通り過ぎるように雪の上へふたたび出て、建物にそって歩き、問題の窓の下に立ち止まり、また庇のほうへ帰ってくる往復の足跡だった。犯人はロープを伝って二階に登り、窓から登美子の部屋へ侵入し、またロープを使って降りてきたということだろうか？　なにか器具を使えば、そんなロープ登りが可能なのだろうか？

だが男たちの記憶によれば、登美子の部屋の窓はほとんどいつも施錠されていた。仮にロープを下から投げて手すりに固定することができ、これを伝って窓へよじ登ったとしても——手すりそのものは男一人の体重を支える程度には頑丈にできていたが——施錠された窓からどうやって部屋に侵入することができたのか？　被害者の登美子が一時的に鍵をあけて犯人を迎え入れたのだろうか？　刑事たちや鑑識係は一時、狐につままれたような心境だった。

さらに、玄関の庇——これは二階の屋根とは別に二階床面の高さで約三メートル四方の鉄板が張り出した造りだった——を支える支柱の上部、約一メートル八十センチの高さに、ロープの短い切れ端が結びつけられているのが発見された。こちらは二十センチ程度の長さで、結び目は支柱に前から打ちつけてあったネジ釘――正月にしめ縄などを掛けるための釘――に引っかけて落ちないようになっていた。この短いロープと現場の二階から垂れたロープとは、同種で切断面も合致したから、もともと一本だったものがペンチなどで切断されたらしい。二つの切断面をくっつけて繋《つな》げると、現場の部屋の手すりから玄関脇の支柱まで、建物の外壁ぞいに斜めに降りてくるほぼまっすぐなロープの線が形成された。

三人の男たちは、前夜大久保邸に到着したときには、二階から斜めに張ってあるロープなどなかった、と証言した。実際そんなものがあれば、玄関へ来るとき目に入らないはずはないから、犯人がロープを張ったことは間違いない。まず一方の端を庇の支柱にくくりつけ、次に庇を出て窓の下まで歩いて行って、ロープの残りをふわりと、手すりに絡まるように投げる。それから階段経由で現場へ行って犯行におよび、その後窓を開け、あらためてそのロープを手すりに結びつけて固定し、これを伝って降りてきたということだろうか。

雪の上の足跡は、とりあえずそんな推測を裏づけるようだった。つまり、ロープにぶら下がって降りてくるなら、足跡は最初に下から二階へロープを投げて手すりに絡ませたときの一往復だけでいいことになる。二階を出てからの帰路は、ロープにぶらさがって斜めに滑りおり、玄関の庇の下に直接着地したはずだからだ。ロープを支柱に近いところで切断しておいたのは、捜査を攪乱するためだろうか。庇の下は玉砂利をコンクリートで固めた床面で、下足痕の採取は困難だった。

帰路がロープ伝いなら、玄関のドアが施錠されていてもかまわない。午前二時に大久保隼人によって施錠され、男たちが寝静まった後に、犯人は悠々と窓から出ていったのかもしれない。

なにか器具を用いて、犯人が往路もロープを使って二階へ斜めに登っていったのではないか、その点も検討が加えられたが、窓の施錠の問題が解決されない以上、それ以上頭をひねってもしかたがなかった。鍵を開けてくれる共犯者がいたのなら、ロープをよじ登ってくるといった手間をかける必要はそもそもない。こっそり玄関を開けて犯人を招じ入れ、あとでまたこっそり鍵をかけておけばいいだけではないか。

もう一つの重要な慰留品は出刃包丁だった。男の足跡が始まって終わった駐車場からさらに南へ、商店のシャッターが並ぶアーケード付きの舗道を三十メートル行ったあたりに、凶器と思われる血まみれの包丁が捨てられていた。犯人が逃走のため車に乗り、発進してから車の窓越しに投げ捨てたらしい。指紋は付着していなかったが、被害者大久保登美子の傷口の形状が合致していたし、刃にも柄にもたっぷり残った血痕は、登美子のものであるとやがて特定された。

植木やアーケードの関係で、大久保邸内からではどうがんばっても、その場所に包丁を投げ落とすことはできないばかりでなく、足跡が消えた駐車場から投げても、舗道がカーブしていて無理である。おのずから捜査本部では、車を使った部外者の侵入による犯行という線が固まることになった。

2

外部犯だとしても、登美子の部屋には物色された形跡もとくに盗まれたものもなかったので、侵入者は強盗ではなく、登美子の生活圏内にいる何者かだろうと思われた。会社で聞き込みをしてまず浮かんできたのは、監査役の橋口健太郎《はしぐちけんたろう》五十八歳だった。橋口は登美子の父親の代から勤めてきた古参だったが、長いあいだに子飼いの工務店や建設会社に仕事を与えては見返りを得ており、その件が登美子に露見したため、副社長から形ばかりの監査役に降格された。橋口は、社内では大久保隼人の数少ない味方の一人で、隼人の推奨する北斗《ほくと》市内の開発——言うまでもなく、二〇一六年に開通することになる北海道新幹線を当て込んだ計画——をサポートしたり、隼人の使い込みを一部埋め合わせしたりしていた。二人が料理屋で話し込む場面などもときおり目撃されていた。

さっそく橋口のアリバイが調査されたが、二十二日の夜は柏木《かしわぎ》町の自宅にいて、十一時には就寝したという。これを証明することができるのは橋口の妻と二十歳になる娘だけで、家族の証言は証拠能力が低いと見ることもできるが、妻だけならともかく娘にまで作り話をさせるとは思えない、という心証もあって、捜査本部の判断は当面曖昧だった。

橋口本人は、自分が社長の身をどうこうするなど罰当たりにもほどがある、とまくしたてて嫌疑を否定した。そもそも定年まであと二年、このまま勤めをまっとうすれば円満な老後が待っているのに、今さら波風を立ててどうするのだ、と橋口は言った。それでも念のため、橋口の車が二十二日の夜に自宅車庫を出入りしたかどうかなど、周辺の調べが続けられたが、成果はあがらなかった。

大久保隼人が橋口を、なんらかのかたちで手助けした可能性はないだろうか。ただ、それを言うなら三人の男たちに、ひとしく疑いがかかるはずだった。死亡推定時刻はかれらが床についたという午前二時が下限、それより前だ。したがってかれらがまだ起きているあいだに、犯人が邸に侵入して犯行におよんだと考えられる以上、三人のうちの誰かが犯人と通じていて侵入を助けた可能性は小さくない。そのため隼人だけでなく、柚木渉についても、松崎正志についても、前夜の行動や登美子との関係を捜査陣は詳しく調べることにした。隼人は高校時代まで大久保邸に住んでいたし、柚木はいわば邸の常連、松崎も過去に少なくとも二度か三度は邸を訪れたことがあったから、全員この邸の構造などには知識があると見ることができた。

まず息子の隼人は、父親が早く他界して母親の登美子に甘やかされて育ったためか、わがままで金遣いの荒い青年だった。隼人の身辺調査は俊介の担当だった。甘ったれた男だとしても、まさか母親に手をかけることはあるまいと思ったが、あちこちで話を聞いてみると、そうとも決められないらしい。なんとか札幌の大学を卒業して大久保不動産に入社したものの、会社の金に手をつけたため、社長である母親は早々に息子に見切りをつけた。バカ息子を社長にするのを諦めるのみならず、今後の不祥事次第では放り出す覚悟だったが、会社に置く限りはだれか有能な監視役をつけねばと、副社長など周辺に相談していたという。隼人の監視役は、橋口がかねてその役を買って出ていたが、私腹を肥やす橋口では話にならず、社長の心づもりとしては、第一に信頼の厚い柚木渉、第二に柚木の後輩の松崎正志、つまりは当日集合した二人ということになっていったらしい。

ところが隼人のほうは、学生時代からのめり込んでいたギャンブルが止められないばかりか、函館に戻ってからは競輪まで始めてしまい――競輪場と競馬場を両方とも持っているところが、港町函館のかつての繁栄をしのばせる遺産だった――母親が死ねば遺産と生命保険で楽になるはずだと、半分真顔で言うのを聞いた友人もいることがわかった。

それならサラ金などにも手を出して莫大な借金を抱えているかもしれないと思い、俊介は生活安全課の友人にも協力を頼んで調べてみたが、そこまでひどくはなさそうだった。去年大手のサラ金一社から二百万円を借りて、三か月後に返済している記録が見つかっただけだ。この二百万は、橋口健太郎があらかた肩代わりしてやったという話だった。

橋口監査役が隼人を擁護し援助もする理由は、私腹を肥やして貯め込んできた財産を、社長の息子に分け与えることで、せめてもの罪滅ぼしをしているのだろう、あるいは身の安全を図るための保険をかけているのだろう、と社内では噂されていた。

「だからおれは、教育係だね。教育係引き受けてさ。隼人君一人前にする覚悟でいるんだよ」と橋口は弁解口調で言った。

「ね？　教育係。ね？　それには飴《あめ》と鞭《むち》さ。ね？　飴と鞭」

「隼人君、社長に反発してた面もあったんでないですか？」と俊介が尋ねると、

「反発っちゅうんじゃないよ。反発でなくてさ。社長も厳しいとこあったからさ。ね？　社長としてはさ、厳しいとこあったから」橋口は同じことを二度言う癖があった。メガネの汚れた脂ぎった男で、薄くなった頭を懸命に横へ撫《な》でつけていた。

「こないだも隼人、なに言うかと思ったらさ。結婚したいんだと。ね？　結婚したいんだけど、社長がOK出さない、ちゅうんだよね。ね？　社長がOK出さないちゅうからさ」

大久保不動産の唯一の個室、主のいなくなったばかりの社長室で、俊介は橋口と差し向かいになっていた。狭かったが、テーブルやソファはなかなか立派だった。

「橋口さん、なんかアドバイスしたんですか」

「いや、アドバイスちゅうんでないけどさ。アドバイスでないけど、そりゃ社長、隼人君に見込みあると思って言ってることなんだからさ。見込みあると思わなかったら、勝手に

誰とでもくっつけばいいべさ。ね？　見込みあると思うから、ちょっと待て。こうなる。ね？　ちょっと待て。したから、急がないで、しばらく様子見たほういいんでないかと。ね？　急がないで。様子見たほういいべ、と」

「それで隼人君、納得してました？」

「いや、黙って、ウンウンって、うなずいてたけどもね」

「それはいつのことでした？　その、黙ってうなずいてたのは」

「つい一週間くらい前だよ。まず、一週間だね」と橋口は壁にかかった自社カレンダーを見て、

「十五日ぐらいでないべか。ね。十五日だね」

「橋口さんから社長に口添えしてくれたらありがたいと、頼んできませんでしたか、そのときは」

「口添えかい。なんかそういうようなこと、言ってたけどね。口添えね。だけど今はまず、様子見るのが先さ。ね。急げばだめなのさ。こういうことは、まず様子みないばね」

隼人が結婚したがっている話はすでに俊介の耳にも入っていた。相手は山口《やまぐち》あかね、当時三十歳、隼人より四歳年上で、札幌から流れてきて今は五稜郭のバーに勤めているホステスだった。二〇一三年の初めに隼人が会社まで連れてきて、母親社長に会わせたが、母親が水商売の女はダメだと言って相手にせず、どうしても結婚するなら会社への「借金」

――帳簿をごまかしていたのが発覚した三百万円――を返してからにしろ、といきり立った一幕があったらしい。

登美子社長は息子であれ、だれであれ、社員が水商売出身の女と結婚することを許さないと公言していたらしい。つきあうぐらいはかまわないが、結婚のときは会社の評判を上げる相手を選べ、というのが持論なのだった。早くに死んだ登美子自身の夫は、登美子の父親と懇意の公認会計士だった。

俊介が山口あかねに会ったのは、四月になって、すでに捜査が行き詰まってからだった。金髪パーマが似合うといえば似合う、鼻の丸い童顔の女で、気だては悪くなさそうだったが、丁寧語がうまく使えない――刑事を相手に丁寧に話す必要もないが、おそらくは誰とでも同じだろう――のと、金銭に執着する印象があった。木古内《きこない》の出身で、札幌に出てバーやクラブで八年ほど働いていたが、そろそろ「いい歳《とし》」になってきたので、友達に呼ばれたのをきっかけに、函館で働きながら結婚相手を探そうと思っていたという。

「こっちも、そろそろだからさ。賞味期限がさ」とさらっと言うと、あかねは脚を組み替えて短いスカートから網ストッキングの太腿《ふともも》を見せた。

隼人と知り合ったのは、先に顔見知りだった松崎正志が店に連れてきたからだった。

「江差《えさし》に土地持ってるオヤジいるから、そっちと一緒になってもいいんだ。したから早く決めてくれって、そう言ってたのさ、隼人に」函館では隼人は「ヤ」にアクセントが来る。

隼人にしてみれば、求婚のライバルが控えているために決断を迫られ、橋口監査役だけではなく、先輩の柚木渉にも頼ろうと考えたようだ。事件当日の三月二十二日、柚木渉が社長宅に呼ばれていると知って、隼人は柚木の口添えを得ながら、「借金」はローンでかならず返済するので結婚を許可してほしいと、あらためて母親に願い出ることを思い立った。

柚木は隼人のマージャン仲間だった上に、社長にかわいがられて、柚木と飲んでいるとき社長は上機嫌だと心得てもいた。そこで当日は山口あかねを湯ノ川のスナックに待たせ、母親の許可が出たらすぐに呼び寄せる手はずもととのえておいた。ところがけっきょく母親は許可を出さず、隼人はあかねにこっそり電話して、きょうは無理なようだから、もう帰っていいと言ったのだという。

柚木渉がその夜社長宅を訪れたのは、マンションの建設計画の相談に呼ばれたほかに、もう一つ理由があった。部下である松崎正志が、前日二十一日に、購入予定の土地の交渉に失敗し、社長にひどく叱られたので、あらためて社長に詫びを入れたほうがいいと判断して、社長と打ち合わせの上、松崎を社長宅に連れて行ったのである。部下といっても柚木と松崎は二歳違いで、東京の大学で知り合って道産子同士――柚木は七飯町、松崎は札幌市内――の先輩後輩として親しくしてきた。柚木が一年先に大久保不動産に就職し、悪くない職場だと知ると、松崎に声をかけるとともに、松崎を採用してくれるように登美子社長にも進言した。ただし柚木によれば「松崎は真面目なことは折り紙つきだけど、要領が悪いので、つい社長をいらいらさせて叱られることも多かった」という。

二十二日はちらちら舞いはじめた雪の中、夜七時に柚木と松崎が大久保邸に着いて、迎えた登美子とともにワインをあけて食事をした。通いの家政婦が、登美子の好きな海鮮料理を冷蔵庫に入れておいてくれていた。あとで松崎がふたたび頭をさげると、女社長はさすがに機嫌を直してうなずいていたという。

八時に大久保隼人がやってきて、さっそく「借金」のローン返済と結婚問題について母親に話した。前者はそれでいいと言ったが、結婚について母親はあいかわらず顔をしかめたままだった。柚木も松崎も、あかねの気だてのよさは認めるものの、あちこちの男を渡り歩いてきた蓮っ葉な女の印象が残って、どちらかと言えば社長の意見に賛成だったから、力強く隼人を応援する言葉もなかなか出せなかった、というのが本音だったようだ。

あかねと最初に知り合ったのは松崎だった。大学時代に札幌に里帰りして、友人たちとファイターズの試合を見に行ったとき、そのうちの一人の彼女として、あかねを紹介されたのだったが、その数年後函館のバーで、席についた女の子があかねだったことに驚かされた。過去のいきさつを明るく語るあかねの回顧談の果てに、なんとなくひいきにすることを約束させられ、次の機会に柚木と隼人を連れていったところ、あかねは隼人が社長の息子だと教えられて、さっそく目をうるませて隼人を見るようになり、隼人もあかねが気に入ったのだという。

　そこであかねの作戦通り結婚の話になったわけだが、再度母親の頑強な反対に遭って、隼人は「わかった、また考えるから」と言って、とりあえずその日は話を切り上げた。隼人が席を外して、待機しているあかねに電話を入れ、今夜は帰るようにと指示を出したのが二十二日午後九時半ごろだった。

　その後十時半に、登美子は松崎を連れて二階の自室に退き、懸案の土地交渉についてあらためて作戦をさずけ、十一時半に松崎だけが下に降りてきた。松崎はただ話を聞かされただけだと言ったが、柚木は松崎がまた要領を得ないことを言って社長を怒らせたのではないかと心配し、二階に社長の様子を見に行った。だが社長は不機嫌なわけでもなく、きょうはもう寝るからと言って、まもなく柚木を下へ戻らせた。それが生前の女社長を三人が見かけた最後になった。ちょうど十二時ごろだった。

　男三人になると、ビールやワインを追加しながら、隼人は自分の結婚話を蒸し返してしばらくぼやき、柚木と松崎は聞き役に回っていたが、やがて三人マージャンをはじめて二時まで遊んだ。俊介はマージャンは四人でするものだと思っていたが、進行が速いなどの理由で三人マージャンを好む者も少なくないという。二時までのあいだ、隼人と松崎は夕バコを喫いにときおり玄関ホールに出たためゲームは中断したが、不審な侵入者はもちろん、変わった物音にも気づかなかった。ただしマージャンは全自動卓で、ゲームが終わるごとに機械が牌をかき混ぜる音がしばらくつづいたし、テレビではバラエティ番組を放送していたので、部屋の外の音は聞こえにくかったかもしれない。――以上については、別々に呼び出した三人の話の内容がほぼ完全に一致していた。

3

大久保不動産は、登美子の父親が所有していた広大な土地を元手にして作った会社だった。道南のディベロッパーとしてベストテンに入る規模だ。登美子は商売っ気があり、若い時分から父親を手伝い、早死にした夫はけっきょくあまり助けにならなかったが、そのかわり登美子自身が奮闘して、会社を譲り受けてからは市役所幹部や地元政治家などとも交渉する一方、いわゆる「地上げ」など強引な手法もときには使って業績を伸ばしてきたという評判だった。

登美子は五十前からでっぷりとしていたが、それでも大きな目に生気の宿るエネルギッシュな顔立ちの女だったようだ。息子の隼人は、大きな目は母親ゆずりだが、その動きが落ち着きのなさを感じさせた。

隼人が邸内から手助けの情報を送ることによって、橋口健太郎――あるいはひょっとすると、婚約者の山口あかね――が登美子殺しの犯行をおこなったか手伝ったかした可能性を、俊介たちは当面探ることにしていた。翌日には、葬儀の準備で忙しいと渋る隼人を呼び止めてパトカーの中にすわらせ、しばらく尋問をつづけた。

「橋口さんは、社長のこと恨んでたんでないの」

「副社長かい。ふふっ、おれは今でも副社長って呼んでるさ。そりゃあ、格下げされたときは、しばらくむくれてたけど、しょうないんでないかなあ。背任罪だかで告訴されてもおかしくなかったって、そう言ってる人もいたからね。けっこうおれ、なだめ役に回ってたよ、副社長に対してはね」

「隼人君に、早く社長になってくれって、言ってなかったかい」

「社長をどうかして？　まさか。おれがそんな話に乗るはずもねえしさ」

「ほんとに？　乗らなかった？」

するとと隼人は、わざとなのか急にふくれっ面をして、

「あのねえ、なんぼなんでも、息子が母親をどうこうするはず、ないしょう。なんぼ嫁さんに反対だからって、気長に待ってれば、どう転ぶかわかんないし」

隼人の表情には不自然な様子は見られなかった。ふくれっ面が似合うともいえる丸顔で、唇もふっくらとしている。

「それにほら、社長より先おれのほう、気イ変わるかもわかんないしね」

「その山口あかねって子に、そこまで入れ込んでなかったってかい？」と俊介が訊くと、

「こっちも社長の魂胆は、なんとなくわかってたさ。取引先の銀行の支店長の娘に、行き遅れた三十女がいるのさ。どうせ三十なら、なしてそっちにしないんだって言うのさ」

「それで迷ってたのかい」

「ははは、迷うったって、年齢だけで決めるわけでないしょう」と笑ったあと、隼人は俊介に顔を近づけて、

「おれなんかより、柚木さんのほうどうなのさ。社長騙くらかしてうまくやってたのが、そろそろ飽きられたんでないの？」

「騙くらかして？　柚木も会社の金、使い込んでたのかい？」

「ははは、そうでないけどさ。社長にふっついて、いろいろうまくやってきたんでないの」と答えてから、隼人は意味ありげにウインクして、

「昼も夜もさ」

「ははあ。社長の愛人みたくしてたのか」

隼人はにっこりして、

「みんなそう言ってるよ」

たしかに、そんな噂は社員からも聞こえていた。隼人は本気で柚木を疑っているのだろうか。それとも自分への嫌疑を逸《そ》らしたい一心なのか。

「まあ、それはいいんでないの。両方ともおとなだから」と隼人は言ってニヤリとする。

真意なのか皮肉なのか、測りかねて俊介は隼人の顔を観察した。

ずらりと寺院が並ぶ弥生《やよい》町の急坂の一つに、パトカーは前のめりに停車していた。眼下に赤レンガ倉庫や港が見えた。

「社長はね、恋愛はなんぼしても、人間の成長になるからいい、っちゅうんだよね。水商売の女はそれを商売にするからダメだと、こういうわけさ。よくわかんないけどね。とにかくあの人は、昔から恋愛するほうだから」

「その相手が柚木だったわけだ」

「この三年四年はね」

「その前は？」

「証券会社のやつがいたんだよ。ところが、札幌の本店に帰っちまったのさ」

「なるほど、その次が柚木だったと。で、それが？　そろそろ飽きてきたってかい？」

「そうでないかと、おれ睨《にら》んでるけどね。……母さんの変わり果てた姿見たときも、なんか直感して、おれ、柚木さんじいっと見てたんだよね」

「見てた。なにかわかったかい」

「なんもさ。窓からぶらさがってるロープ、不思議そうに眺めてた」

「社長が柚木に飽きたって、どうしてわかったんだい？」

「そりゃ、親子だもの。見てればわかるべさ。……おとついだって、柚木さんでなくて、松崎さん二階に呼んで、二人で一時間も上にいたんだもの。柚木さんにしたら、気が気でなかったんでないの」

「見ててそんな感じだったのかい？」

「そだねえ。そわそわして、途中で二階にあがって行きそうだったから、おれ、止めたさ。『まあ柚木さん、いいんでないの』って」

「そしたら？」

「『なんも、おれはいいのさ。松崎がうまくやってるかどうか、心配なんだ』って」

「したら、松崎が社長の新しい相手だってかい？」

「まあ、おとついはおれもいたから、柚木さん階下で待たせとくのに、ちょうどいい塩梅《あんばい》だったんだべさ」

「つまり、柚木に見せつけたってことかい？　柚木とはもう終わりだって、それとなくわからせたわけか」

「それも考えられるしょう」

だがそこまで複雑な作戦を練るだろうか。そこまで面倒なあてこすりをする必要があるのか。

「松崎は、前の日に社長に叱られて、謝りに行ったって話だったんだけどね」

「だからさ。それが社長の手だったんでないの？　柚木さんのときも、最初はずいぶん叱ってたもの」

「叱って叱って、それから甘くして、言うこと聞かせるわけか」

「あるっしょ、そういうの。スパルタ式っちゅうのかい」と隼人は見当違いなことを言う。

ともかく、女社長はなかなか心理面の策士だったようだ。

「隼人君が小さいときも、そうだったの？」

「なんもさ、ははは、したから社長も反省したんだべさ。最初から甘くしたらダメだって、ははは」

「そうか。だから一時間後に松崎が降りてきたら、今度は柚木が入れ替わりに二階にあがったわけか。様子見るために」

「うん。そうなんでないかなあ」

だが解剖の結果では、女社長には、殺害の数時間以内に性交渉をおこなった形跡はなかった。そのことは隼人に告げずに、

「それで柚木は、降りてきたときにはどんな顔してたんだい」

「そりゃあ、表面は余裕こいて、『おまえももうちょっと、空気読まないとダメだなあ』とかって、松崎さんに言ってたけどもさ。二階で社長としばらく話してたから、『あんたはもういいよ』ぐらいのこと、言われたんでないかなあ」

「もういいって、クビってことじゃないだろう？」

「そこまではいかないけど、出番終われば、社長から借りてるものも、どうなるかわかんないよね。マンションだって車だって、返さないとなんないだろうし」

「なるほど」

「ね？　東京出張にしたって、こないだまで柚木さんの専売特許だったのに、去年の十一月は松崎さん、行ってこいってなって」

「東京出張って、なにかおいしいことでもあるの？」

「そりゃあるっしょ。柚木さんは妹が東京にいるもの。なんたかんた話もあれば土産もあるしょう。二人とも東京の大学だから、たまに友達に会いたいのもあるんでないの」

「会社の費用で羽根をのばせるか」

「もともと、うちは東京方面けっこう大事にしてるのさ。大手の建設会社だの、コンビニの本社だのあるから」

東京出張の特権が失われただけで、殺意が生じるわけもなかろう。だが、住居と車を返せとなれば、話は違ってくるかもしれない。

「で、〇時と二時のあいだ、柚木になにか変わった動きはなかったかい」

「それはきのうから、何回も訊かれたけどさ。柚木さんにしても松崎さんにしても、犯行の手伝いなんか無理だよ。二時までずっとリヴィングにいて、おたがいに監視しあってたようなもんだからね」

「だけど、タバコやトイレに立つぐらいの時間は、三人みんなにあったしょう？　五分くらいなら、一人でこっそり二階にあがろうと思えば、あがれたんでない？」

「え、そりゃそうだけど……まさかねえ。柚木さん松崎さんも、誰かがそんなことしたって言ってるのかい？　言ってないべさ？」

今度は隼人のほうがこちらの表情を読む番だった。

「おれだって、本気であの二人がなんかしたとは思わないもの。思いたくもねえし」

「それでさ、まだ社長が亡くなって間ないけど、これで山口あかねさんとの結婚に、障害なくなったわけだよね」

「え？」隼人は一瞬うろたえた顔をしてから、

「ああ、だけど、まさかすぐってわけにもいかないしね」とわざとらしく苦笑いした。

4

柚木渉は茶髪の前髪を長くしたホストっぽいヤサ男だった。松崎は浅黒い顔の痩せ型の男だった。二人は東京のマンモス私立大学のテニス・サークルで知り合ったという。

柚木にあらためて尋ねると、女社長との親密な関係についてはあっさり認めた。だがその先の言い分は、大久保隼人の推測とはだいぶ違っていた。マンションの頭金も車も、もちろん社長からのプレゼントであって、返す返さないの話など出ていなかったと柚木は強調した。

「だいたいね、こっちがそろそろ、飽きてきてたんですよ」と柚木は苦笑を浮かべて言った。

「ただ、いろいろ出してもらった恩もあるんでね、なるべくスムーズに誰かと交代したいと思ってたら、ちょうどいい塩梅に、社長が松崎に目エつけはじめたんで、あいつを引っ張り込もうとしてたんです」柚木は東京の大学へ行っていたせいか、函館なまりがほとんどなかった。

「スムーズに交代できそうだったのかい?」

「社長もその気だったと思いますよ。ただ、松崎は松風町の『はまなす』ってバーのママとデキてましてね」

「ああ、そう」俊介をはじめ湯ノ川署の面々にとって、「はまなす」もそこの葉子ママも初耳の部類だった。

「うちの妹が、そこのママの世話になってたことがあって、だからよく知ってるんですよ」その妹というのが、のちに東京で作家となる柚木しおりだった。

松崎正志は最初の三年、大久保不動産の唯一の支店である五稜郭支店で仕事をしていたが、その時期に五稜郭から青柳《あおやぎ》町のマンションに買い換えを希望する客として葉子ママと知り合い、しだいに親しくなったということだった。

「松崎と葉子ママは、同棲でもしてるんですか」

「半分ぐらいね。行ったり来たりじゃないのかな。それだけだったら社長もなんも言わないんだけど、松崎がその葉子ママと、結婚したいなんて言い出したもんだから、ややこしくなってね。ほら、うちの社長、水商売の女は受けつけないから」

「松崎さん、それで社長に叱られてたんですか」

「ははは、直接それが原因じゃないけど、関係あったんじゃないかな。あいつは真面目でいいやつなんで、ママに騙されてるに違いないって社長は言って、おれも相談されたんだけどね」

　柚木渉は自信たっぷりに、ゆっくり話す男だった。ブルーグレーのスーツも、これが函館で手に入るのかと思うような艶のある高級品だ。

　柚木の話を聞いたのは、大久保不動産本社の駐車場に入れたパトカーの中だった。向かいの建物の上に函館山のなだらかな稜線が見えていた。

「葉子ママは社長も前から知ってて、いい人だって言ってるから、個人的には問題ないんだけどね。だから余計に困ったわけさ。松崎の目覚まさせるために、社長が松崎誘惑して、しっぽりするようにお膳立てしてやれば、葉子ママとすこしは距離ができるんでないかって、そういう作戦、おれが立てたんですよ。なにしろ社長、今でも女っぷりなら誰にも負けないと思ってるから、ははは」柚木の笑い声にも余裕があった。

「そうなれば一石二鳥ってことか。その作戦、うまく行ったんですか？」

「途中までね。あの日も松崎だけ二階に上げて、マッサージかなんかやらせてたみたいだし」

「柚木さんと松崎のあいだでは、その作戦の話、了解ついてたの？」

「ついてたね。だれが考えたって、社長に叱られるより可愛がられるほういいし、いろんな余得もあるしさ。社長の反対蹴散らしてまで、葉子ママと一緒になる必要ないもの。松崎も、そうだなあ、どうするかなあ、って言ってましたよ。そして二十一日の日に、社長が土地の交渉の件でヒステリー起こして、松崎をいやに叱ったもんだから、ああ、こりゃあ家に連れてこいって合図だな、ってわかったからね。松崎に、覚悟してうまくやれよ、そう言ってあそこに連れてったんですよ。それが事件当日の二十二日さね。ただあの日はね。下におれたちがいたから、まだそういうことにはならなかったって」

柚木の説明は隼人の臆測よりだいぶ筋が通っているように思えたが、

「社長と柚木さんとは、どうなったんです？　別れる以上は車を返せ、とかって話にはならなかったの？」

「冗談でない。社長だって、そこまでケチでないし、あのデブばあさんをかれこれ四年、お姫様みたいに大事にしてやったんだから、それぐらいは当たり前の報酬でしょう。こんなこと、今さら言いたくないけどさ。そうだ、おれが営業部長になる話だって出てたんですよ。隼人を一人前にする仕事だって、おれの肩にかかってたんだもの」

「その隼人の話だけど、山口あかねって子と結婚したいって言って、社長に反対されてたと」

「そうだね」

「そのことで、社長を恨んでるようなフシなかった？」

「そりゃ、恨んでたとは思うけどさ、だからって……。おれと松崎で社長説得すればなんとかなるんでないかって、マージャンしながらまた頼んできてたし……」

柚木には隼人が短兵急な行動に出るとは思えないらしかった。

5

松崎正志の証言は柚木渉のものとほぼ一致していた。自分が社長の意向に沿えなかったことは事実だが、あそこまで叱られるものかと思っていたら、あした謝りに行こう、と柚木が誘ってきて、あれこれと社長の胸のうちを解説してくれた。前から聞いていた部分もあり、そんなものかと思いながらついていくと、社長もさほど怒っていなくて、二階であらためて説教をされただけだった。

「説教だけですんだのかい」と山形《やまがた》警部が訊くと、

「はあ」と松崎は顔を赤らめた。

「社長の胸のうちわかったんなら、あとは以心伝心だったんでないの」

「はあ……肩に手回されました」

「それから？　聞かしてよ」

「いや、社長に恥かかせるわけにいかないんで……普通に、さわって……」

「この、この」と山形は肘《ひじ》で松崎を押した。

「あ、『あたしとつきあうなら、まずタバコやめなさい』って言われました」

「タバコ。それで？」

「それはちょっと、考えさしてくださいって……」とようやく松崎は苦笑に近い笑顔になった。

二十二日はそれで二人とも笑い出して、終わりになったという。「はまなす」の葉子ママとは二年前から懇意になって、一時はたしかに結婚したいと思ったが、葉子ママは一貫して冷静だったし、一回り年長なこともあるので、自分も今では割り切って考えるようになった。むしろ社長が、リゾート会社の社長の娘との縁談を考えてくれていて、そこまで自分に期待してくれるなら、がんばってみたいと思っていたところだ。松崎はうつむいてぽつりぽつりと話した。社長に叱られて、あるいは結婚に反対されたことに腹を立てての犯行、という単純な見方は、松崎には当てはまりそうになかった。

二十五日は葬儀の日で、大久保不動産では朝から喪服姿の男女が忙しく出入りするのが駐車場のパトカーから見えていた。パトカーの中の松崎も喪服、山形も俊介もネクタイだけは黒を締めていた。

自分が社長の新しい恋人候補であることについて、柚木渉は喜んでいるように見えた、とも松崎は語った。「もうもらうものはもらったし」と笑って、自分の肩を意味ありげにたたいたのは事件のつい前日のことだ。自分も仕事のことは柚木先輩に訊きながらやってきたし、これからもそうしようと思っている。

大久保隼人については、山口あかねを紹介したのが失敗だったかもしれない、と松崎は苦笑した。札幌で友人の彼女として出会ったときも、羽振りのいい男を選んで贅沢をしたがっている様子だった。勤め先のバーに連れて行った隼人が社長の息子だと知ったとたん、あかねは急に態度を変えたので、あとで笑い話になったほどだったが、隼人はああいう単純なタイプが好みらしいので、放っておくほかなかった。それにしても、隼人が結婚に反対されたからといって母親である社長の命を狙うとは考えられない、と松崎は首を振った。

まして橋口監査役はそろそろ定年なので、乱暴な結論に飛びつくとは思えない。自分は斉木繁和《さいきしげかず》専務を信頼しているので、社長亡きあと斉木専務が中心になって会社を立て直すことになれば、自分も一生懸命がんばろうと思っているし、なんとかなるのではないかと思う。斉木専務も、橋口さんの人脈を、それなりに生かしてやっていくのではないか、というのが松崎の見通しだった。

けっきょく事件発生後三日のあいだ、これといって有力な線は浮かんでこなかった。山形警部は「どうもカンが働かないヤマだな」と言って腕を組んだ。犯人の足跡がはじまって消えた駐車場の周辺、足跡と車のタイヤ痕の調査に手間がかかったことも、捜査停滞の原因の一つだった。だが、そちらからもけっきょく目ぼしい手がかりは出なかった。

その日の午後には登美子の葬儀がおこなわれた。隼人は見たところ立派に喪主としての役目を果たしていた。俊介は告別式のあと、函館山の中腹にある火葬場まで出かけていった。よく晴れた日で、火葬場の高い煙突からあがる煙が風に乗って、雪をかぶった松林を越え、青い津軽《つがる》海峡へたなびいていった。

それからすぐに第三の事件が起きた。

第三章　立待岬《たちまちみさき》の事件

1

二十五日夜の捜査会議が終わりかけたころ、驚きのニュースが飛び込んできた。松崎正志が立待岬《たちまちみさき》で轢《ひ》き逃げに遭い、病院搬送中に死亡したというのだ。この事件は犯人が翌日逮捕されたので、犯人側からの供述もまじえて、事件の概要はかなり明らかになっている。

立待岬は観光地だが、住吉町《すみよし》から海沿いの細い一本道を行く以外にルートがなく、積雪の影響で道幅が狭くなる冬のあいだは毎年通行が禁止される。二〇一三年の通行規制解除は、事件前日の三月二十四日だった。二十五日は月曜で曇り空の風が冷たい一日だったから、やってくる観光客はまばらだった。あちこちに雪の塊《かたま》りが残る展望台駐車場に車を停め、空より暗い色をした津軽海峡の荒波が低い岩場に打ち寄せる様子を、寒風に耐えながらぽつりぽつりと見物して帰った。車の往来は夜になると間遠だった。事件はその駐車場で起こった。

市の消防本部に救急車の出動要請があったのが午後八時二十分、携帯電話の女性の声で、立待岬の駐車場入口で轢き逃げがあり、被害者が出血して倒れているとの一報だった。救急車が八時三十分に駐車場に到着してみると、たしかに車に轢かれたらしい男が昏倒《こんとう》していた。だがその場にいるように指示したはずの電話の主が見あたらず、二分前に来たばかりの無関係の見物人が立っているだけで、男を見つけて救急車に電話しようと思ったら、サイレンが聞こえたので様子を見ていたと言う。

両手を広げて仰向けに倒れた男は、胸から顎《あご》にかけて轢かれて骨が砕けたようで、出血も多量で意識もなかったので、助かる見込みはなさそうだった。担架に乗せ、救急車に運び込んだところへ、サングラスをストラップで首からさげた女が車でやってきて、自分が被害者と一緒にいた事件の目撃者で、一一九番に通報した者だと言ったので、女をとりあえず救急車に乗せ、堀川《ほりかわ》町の赤十字病院へ搬送した。病院に着くころに男は死亡した。

女の名前は辻村葉子、当時四十一歳、被害者は友人の松崎正志、二十九歳で、二人で立待岬にドライブに来て、駐車場に停めた車中で話していると、別の車が出て行こうとしてガシン、と後部を擦《こす》ったので、松崎が車を降りて抗議した。相手の車はいったん停車したものの、一言二言話しただけでまた無理に発進しようとした。松崎が相手の車の前に回って両手を広げたところ、その身体を轢き倒して車は去っていったという。救急出動を要請した携帯電話の番号も、葉子のものであることがのちに確認された。

松崎の車の脇に立って様子を見ていた葉子は、松崎が大量の血を流しているので下手にさわらないほうがいいと思う一方、暗がりで犯人の顔も車もよく見なかったことを後悔し、咄嗟《とっさ》に運転席に乗り込み、犯人の車の後を追った。同時に消防本部への通報も運転しながらおこなった。谷地頭の電停に出ると、八幡宮方向へ直進して近道をしたので、宝来《ほうらい》町あたりで一時的に接近してなんとか車のナンバーの四桁の数字だけは見ることができた。そのころ救急車とすれ違ったので、自分も松崎のもとへ戻ることにして、Uターンして引き返したという。

病院で手続きをしているところへ、救急車から連絡を受けた西署のパトカーが到着した。立待岬の現場へは、大型車両と投光車が出て仕事を始めていた。葉子は松崎を轢いた車のナンバーを刑事たちに告げ、ただちに緊急配備が行われた。

そのほかの事情も刑事たちは把握する必要があった。辻村葉子は松風町のバー「はまなす」のママをしていると言った。病院で会った葉子は化粧っ気もなく、アクセサリーも身につけていなかったが、刑事たちはそれらしい雰囲気をなんとなく感じたという。松崎正志は客の一人だったが、大久保不動産の社員で、葉子の自宅マンションの購入をきっかけに親しくなった。二十二日深夜に殺害された大久保登美子社長以下、大久保不動産社員の何人かが「はまなす」の客だった。二十五日は店が定休日、大久保不動産も忌引き休業なので、松崎は登美子社長の葬儀に出てから、着替えて青柳町の葉子宅へ来ていた。夕食後ドライブがてら、通行止め解除になった立待岬にでも行ってみようかという話になり、岬の駐車場の海を見下ろす位置に車を停め、しばらく話していると車を擦られ、あとは救急隊員に話したとおりの事情だったという。

犯人は二十歳前後の若者二人で、松崎も自分も見覚えはなく、向こうもこちらを知らない口のききかただった。明らかに向こうの過失で、こちらの車のリア・バンパーが曲がったので、松崎は犯人たちを追いかけ、駐車場の入口でいったん停車した車の窓を開けさせて話していた。すると車が発進しかけたので、松崎は「待て！」と言いながら車の前に回って両手を広げて停めようとした。それが悲劇の原因になった。

葉子が奮闘の結果、四桁のナンバーや車のタイプを覚えてくれていたし、立待岬に残された松崎の車――救急車の到着後に葉子が運転して戻ってきた車――には、後ろのバンパーに新しい凹《へこ》みがあり、擦った車の塗料も付着していたので、車両の特定と犯人逮捕は、当初から難しくないと思われていた。はたして翌二十六日、二人の若者が逮捕された。須《す》藤幹夫《どうみきお》と山本翔一《やまもとしょういち》、ともに二十歳である。

葉子が記憶していたナンバーは正確だった。そのナンバーに該当する車両のうち、松崎の車に残された塗料の色のハッチバック車は一台しかなく、すぐに須藤幹夫の持ち物だと知れた。須藤は午前中に車を修理に出そうとしていたが、その直前に西署の捜査員が取り押さえ、尋問したところ、比較的素直に犯行を認めた。

二人の供述も葉子の証言と矛盾しなかった。二十五日の六時過ぎから二人は立待岬へ出かけ、ほかの車も去った七時半ごろ、鷗《かもめ》ばかり見ててもしょうがないので帰ろうか、と言っていたところへ車が一台入ってきた。助手席に女が乗っていたので、そのうちカーセックスでもはじめるのではないかと、車の中で缶ビールを飲みながらしばらく待ってみたが、それらしい動きはない。そろそろ帰ろうぜ、ということになったとき、車をなるべく近づけて女の顔をヘッドライトで照らしてやろう、と須藤は考えて無理な角度に車を切り返したので、最後にちょっと相手の車を擦ってしまった。やばい、と思って停車したが、降りてきた男が傷を見て居丈高に弁償を請求してきたので、「女いるからって、カッコつけんでねえど」と言って車を発進させたところ、すばやく前へ回って動き出した車を無理に停めようとしたので、カッとなってそのまま直進し、駐車場から走り去った。連れの女以外、あたりに目撃者らしい人影はなかったと思う。女の車が追いかけてきたのには気づかなかったが、電車通りに沿って十字街まで走ったので、脇道から出てきて追いつかれた可能性はあるかもしれないという。

松崎は初めて見る男だった。女のほうも、サングラス姿だったのでよくわからないが、知った感じではなかった。

須藤の車から松崎の車の塗料が発見されただけでなく、タイヤや車体下部から松崎の血痕も検出された。須藤と山本は身柄を送検され、その後の裁判の結果、運転していた須藤が懲役七年、助手席の山本は同二年の判決を受けた。

2

事件の一報を受けて湯ノ川署の面々は、当然ながら別の角度から驚きと疑いを昂《たか》ぶらせることになった。死んだ松崎正志は、大久保登美子事件の関係者の一人である。これは偶然の事故なのだろうか。

松崎には登美子殺害の動機が見あたらず、深い関与がないものと見ていたが、本当にそうだったのかどうか、もう二度と尋問する機会はなくなってしまった。そればかりではない。松崎が登美子殺害に関与していた——あるいは情報をつかんでいた——ために消された、というような事情が背後にないかどうか、慎重にチェックする必要もある。捜査本部から数名が、さっそく須藤と山本の話を聞くために西署を訪れ、またかれらの背後関係の捜査に当たることになった。

大久保登美子事件の関係者のうち、柚木渉の妹の元夫である弓島敦夫が八日に殺害されていることも、そのころまでには湯ノ川署の刑事たちに周知されていた。その妹しおりは

「はまなす」に勤めたことがあって葉子ママと親しく、葉子ママはもう一人の関係者松崎正志と情を通じ、二十五日夜も一緒に過ごしていた。そして松崎は、しおりの兄柚木渉の同僚であるだけでなく、その日の事故——と思われる案件——で死亡した。関係者たちのめまぐるしい相互連関に、刑事たちは眉をひそめた。

だが、かれらの背後関係はなかなか見えてこなかった。松崎が須藤たちに最初から狙われて言いがかりをつけられ、被害に遭ったという見方に対して、葉子は否定的だった。松崎があのとき不良を相手に短気を起こさず、車の前に立ちはだかるようなことさえしなければ、車はそのまま走り去っただろう、現にそうしようとしていたのだから、と首をかしげながら葉子は述べた。その観測は須藤たちの供述とも一致して、かれらの轢き逃げが偶発的なものであることを裁判所が認定する根拠にもなった。だから少なくとも松崎の死は、偶然の産物以外ではないと、俊介たちも認めざるをえなかった。

葉子は、轢き逃げ犯の車を必死に追いかけ、なんとかナンバーを目に焼きつけた。その努力が報われ、須藤と山本は翌日に逮捕され、動かぬ証拠も隠滅をまぬがれた。したがって、葉子と須藤たちとのあいだに共謀関係は存在しないと考えていい。陰謀があったとすれば、須藤、山本と、大久保登美子殺害の犯人、あるいは弓島敦夫殺害の犯人とのあいだであるはずだ。だが須藤と山本の周辺をいくら調べても、大久保不動産に繋がる人脈は浮かんでこなかった。

執念をもって須藤の車を追いかけた点から見て、葉子ママの松崎に対する愛情は本物だった可能性が高い。一方、松崎は大久保登美子に厳しく叱られる一方で、ひそかに肉体関係に誘われていたという。その件を葉子は知っていただろうか。松崎を本気で好きになっていたとすれば、葉子にとって登美子社長は邪魔な存在だったのではないか。そもそも松崎が葉子との結婚をほのめかしたとき、社長は水商売の女に対する偏見から猛烈に反対したというではないか……。

俊介はそんなことをぼんやり考えたが、葉子ママは俊介の疑問を一笑に付した。

「まあまあ、冗談でないですよ。社長だってお店のいいお客さんだし、社長と松崎さんがうまくいくなら、それに越したことはないですよ」

「それが本当に、ママの本心だってかい?」と俊介は言ってみる。

葉子ママはチラッと俊介を見返してから、

「あたしの本心? そうねえ」

北海道の女はわりあい顔立ちがあっさりしているが、葉子は丸顔で鼻がとがって目も大きい、いわば南方ふう美人だった。

「……もう、こうなっちゃったから言いますけど、松崎さんみたいな人と、一緒になれるものならなりたかったですよ。それが本心かな」とママはさびしそうに笑う。

「松崎に、そうふうにしゃべったのかい?」

「まさか。水商売の、しかも四十過ぎの女が、本心しゃべったってどうなるものでもないしょう」

「そうだべか」

「そうよ。実際、そろそろ別れましょう、って話むきだったしね。登美子社長は松崎さんを、あそこのバカ息子の教育係に育てたかったらしいし。柚木さんと一緒に」

「なるほど」

「社長が亡くなる直前、そんなことも言われたとかって。ね？　そうなれば松崎さん、行く末は専務か、もっと上にだって抜擢《ばってき》されるかもわかんない人だもの。いくら函館の会社だからって、そうなればあたしなんか、本気で相手にするはずないしょう。そのぐらいは心得てましたよ」

「だけど、一時はあっちも本気だったんでない？」

「ははは、まかり間違ってあの人が本気になったら、あたしが止めてるわ、はははは」

青柳町のママのマンションだった。医者だのどこそこの支店長だのが住んでいるという、函館にしては高級な建物で、函館八幡宮の森が借景になっている。出された紅茶カップもウェッジウッドだった。窓から桜が見えたので、もう五月になっていたはずだ。

「登美子社長が、松崎とその……男女の仲になりそうだって話は聞いてました？」と山形。

「チラッとね。ずいぶん叱られるから、てっきり嫌われてると思ったら、そうでなかったらしいって」

「松崎は、流れに身を任せるつもりだった、と」

「社長はいずれ、どこだかいいとこの娘、松崎さんに紹介するとか言ってたらしいの。社長にしてみれば、その前にちょこっと、味見したかったんでないですか？」

「そこまでされて、癪《しゃく》にさわらなかった？」と俊介。

「だから、さわりませんって。大ごとみたく考えてもらって、申し訳ないくらいのもんだわ」

本心なのか、ガードが堅いのか、葉子ママは山形と俊介が食い下がっても、登美子社長を恨んでいたそぶりを見せなかった。それでも山形は、わざとトイレを借りたついでに洗面所をさっと検分して、男物の歯ブラシがコップに入っているのを見つけた、とあとで言っていた。俊介は流しの棚の上に大きなガラス製の灰皿を見つけていた。死んだ松崎の名残りを、まだ捨てられずにいるのだろう。だがそんな心持ちと、ママとしての、大人としての判断や発言は別だ、ということは十分ありうると俊介は思った。

「で、須藤と山本のことは、なにも思い出さないですか。やっぱり見ず知らずですか」

「はい。あたしも商売柄、人の顔は覚えるほうだけど……」

「谷地頭の電停まで戻ってきたとき、普通は右折して電車通りを行くと思うんだけど、右手には須藤の車は見えなかったの？」と山形が細かいことを訊いた。

「はい、見えなかったので、一か八か、八幡さまの前の道を使って宝来町に出たんです」

「ちょうどこの下あたりを通る道だね？」

「そう。このあたりなら慣れてるし、信号もないから」

「そのおかげで早期逮捕できたわけだものね」と俊介。

「運がよかったです。追いつけなかったら、車の形と色だけじゃ難しかったかもしれないから」と葉子ママは自分を誉めるように頰笑んで紅茶をきれいなルージュの口へ運んだ。

3

柚木渉にあらためて聞いた話は、辻村葉子の供述にだいたい一致した。「はまなす」の客として葉子ママと知り合って五、六年になる。ひょんなきっかけから妹のしおりが「はまなす」で働き出したから、ときどき様子を見にも行ったので、一時は松崎より自分のほうがママと親しかったが、ママは松崎のようなおとなしいタイプが好きなのかもしれない。二人の仲は妹からも、去年だったか聞いたことがある。ただ、松崎が一回り上の葉子ママとの結婚を真剣に考えていたとは思えない。松崎は子供好きで、自分も二、三人は欲しいと言っていたからだ。それでも、とりあえず年増が嫌いでないのなら、社長の相手をするのにむしろ好都合ではないかと、自分は内心で計算していた。そんなことを柚木は話した。

「社長が松崎に、縁談持ちかける魂胆もあったんだって？」

「うん、ゴルフリゾートの社長の娘さんでしょ。松崎さえその気なら、すぐにも会わせるような話だったんじゃないかな。おれは遊び人だから勝手にさせといても心配ないけど、松崎は根が真面目だから、所帯持たせないと安心できないって。ま、そういう判断はさすがに女だよね。母親みたいなとこ、あったからね」

「それなのに社長、松崎に夜の相手させる気だったのかい？」

「ほんのしばらくのつもりだったんじゃないの。とにかく松崎に、人間的に柔らかくなってもらいたかったのさ、社長としてはね。あいつが真面目過ぎるとこが、マイナスになるわけよ、いろいろ」

「それで叱られてたわけか」

「そう。こないだだって、交渉相手のオヤジが、祖先からもらった大事な土地だから、売るわけにいかないって言えば、そのままあきらめて帰ってくるんだもの」

「なるほど」

「ね？　祖先からもらったってなんだって、みんな平気で売って暮らしてるでしょう。ましてや北海道だもの。祖先って言ったって、たいていは祖父さんかひい祖父さん止まりだもの。その先はアイヌからかっぱらったぐらいのものだもの。ね？　それを社長は言うわけさ」

その言い分には一理あるようにも思えた。

「その交渉の相手、松崎の知り合いだったのかい？」と山形。

「いやいや。義理でもあるならわかるけど、ただの知らないオヤジさ。そいつが自分とこの庭に一族の墓立てて、それをよそに移すのがしのびないって泣くものだから、すっかり同情して、あそこはあきらめましょうって、帰ってきたんだよね、松崎」

「いい人だったんでないの」と山形は珍しく感想を漏らしたが、柚木には伝わらないようで、

「だから、社長はいらいらするのさ。そのオヤジがかならず言うこと聞くネタ教えたのに、松崎がそれ使わない、ちゅうんだもの」

「ネタ？　それ、なんだべね」

「おれは聞いてないけど、昔なんかあったんじゃないの。オヤジのとこの娘と、社長が小学校だか中学校で同級生だった、ちゅう話だからね。そのころ社長に、オヤジがお触りでもしたんじゃねえの、はっはっ」

痴漢まがいの思い出を、今さらネタにして言うことを聞かせようという魂胆だったということか。

「わかるっしょ、社長がやきもきするの」

それから俊介たちは、松崎が轢き逃げに遭った二十五日、登美子社長の葬儀のあとの行

動について柚木渉に尋ねた。

「あの日はね、妹が翌日東京に帰るって日だったから、七飯の親のとこ、二人で行くことになってたんだ。その前に葉子ママに挨拶に行くって話だったんだけど、行ったらママはいなくて、しばらくマンションの前で待ってたけど、ラチがあかないから帰ってきたって言って、八時半ころだったかな、ちょっと遅れて来たからさ。一緒に七飯に帰ったのさ。ちょうどそのころ、松崎とママが大変な目に遭ってたんだよね」

「ママに電話しなかったのかい、しおりさん」

「したけど、留守電になってたから、都合が悪くなったのかと思ってあきらめた、って。どうしたんだろ、急病でないといいけど、なんて言ってたけど、ママにしてみたら、そのころ電話どころじゃなかったんだものね」

そこで俊介は山形警部とまた葉子ママを訪ね、しおりと別れの挨拶をする予定があったのに、どうして急に松崎と二人で立待岬に出かけたのか、事情を尋ねた。ママはげんなりした口調で、じつは松崎が話があるというからつきあっていた、と答えた。話というのは社長の葬儀のあいだ松崎が考えていたことで、こうなってみると、自分なりに将来のことを考えないわけにはいかないので、この際、社長が言っていたゴルフリゾートの社長の娘に連絡を取ってみようかと考えている。ついてはおまえとは別れたほうがいいと思うと、立待岬で話をされて、もともと自分もそうすべきだと思っていたので、それでいいんじゃないの、と答えたという。話の中身は単純だが、言うほうも聞くほうも気持ちの整理に時間がかかる、別れ話だったらしかった。

別れの覚悟を決めた瞬間に、相手の男が即死してしまう展開は、受け取るほうにとって複雑に違いなかった。どうせ相手とはもう会わないつもりだったのだと、我が身を慰める理由にもなるだけに、余計に自分を責めさいなむ、と葉子ママは言った。いっそ別れ話が出ないうちに死んでくれたら、もっと純粋に悲しんだり怒ったりできたかもしれないが、そう思う気持ちがまた自分勝手で腹立たしい、と言っていた。

山形は無神経なふりをして、その話を最初からしてくれてれば、ママを何度も訪ねてくる必要はなかったのに、と恨みがましく言った。

「だからもう別れる方向だったたって、言ったじゃないですか」と言ってから、ママは横を向いて、

「……最後の言葉ぐらいは、一人で嚙みしめていたかったんですよ。私一人の、慰めにもならないけど、小さな思い出に……」と言って、ティッシュに手を伸ばして目にあてた。

4

松崎正志の急死によってすっかりペースを乱されてしまったが、大久保登美子殺害事件

の捜査本部として、あらためて現状を整理してみると、松崎の死は本件とは無関係な偶発的事件なのだろうが、柚木渉の妹の元夫が殺されて、犯人がいまだ逃走中である事件のほうは、案外関わりがあるかもしれない、と言い出す者があらわれた。しかも、登美子が殺された二十二日には、妹のしおりが函館に滞在中だったので、俊介たちは今度は、柚木の兄と妹に関心を寄せはじめた。たとえばしおりが、登美子殺しの一件に、外部侵入者として関与した可能性はないのか。または兄の渉が、妹の元亭主殺害に一役買っている可能性はないだろうか。その両方が同時に成り立つ場合だってありうるのではないか。そんなことを言う同僚もいた。

柚木はもともと、妹を虐待する弓島敦夫に激しい怒りを覚えていた。しかも弓島は小柄だが、柚木は——大学では軽めのテニス・サークルだったとはいえ——高校までサッカーで鍛えた筋肉質の長身である。妹を東京へ追いやった男に怒りの鉄槌《てっつい》を下しても、なにも不思議ではない。

一方社長との関係についても、柚木本人ではなく、大久保隼人の言い分があらまし正しいとすれば——つまり柚木が社長に心変わりされ、借金あるいは物品の返済を催促されていたとすれば——柚木の側に殺人の動機が芽生えてもおかしくはない。息子隼人の教育係が柚木から松崎に変更され、その意味するところが出世の見通しにも関わってじつは深刻で、柚木には耐えがたかったのではないかと推測する刑事もいた。そうでないまでも、柚木が弓島殺しに関わった事実を、たまたま登美子社長が知るところとなって、そこにトラブルが生じた可能性もあるのではないか。

そこで資料をもう一度点検してみると、三月八日の深夜十一時ごろと推定される弓島の事件については、西署の調べで、元妻しおり、しおりの兄の渉、そして二人の両親のアリバイがいちおう成立している。すなわち、しおりは東京を離れていないし、渉は女社長と五稜郭の料亭で深夜〇時ごろまで食事をしていた。その後柚木が社長を自宅へ送り、ゲストルームに泊まったという部分は、おそらく肉体関係を隠すための言い逃れだったのだろうが、ともかく二人は一緒だった。両親は近所のカラオケ大会である。

湯ノ川署は、まず登美子殺害事件の起きた二十二日に関して、しおりと両親のアリバイを調べたが、アリバイ不明者はいなかった。しおりは二十一日に函館に来て、元夫の葬儀に顔を出してから、久しぶりに一週間ほど故郷に滞在するつもりで、その間七飯町の実家や、「はまなす」の葉子ママの自宅に泊まっていた。二十二日は午後十時に「はまなす」へ行ってママと合流し、十一時半に店を閉めて青柳町のママ宅に一緒に着いたのがかれこれ〇時、それから二時近くまでブランデーを飲みながらあれこれ話をして、布団を並べて寝たという。しおりの両親は自宅にいたが、その日は森《もり》町から母親の妹一家が四人でやってきて泊まっていた。雪がやむころには全員が寝静まっていたという。

葉子ママの証言を信用する限り、しおりが登美子殺害事件に関与している可能性はない。

だが刑事たちは、弓島敦夫殺害事件の三月八日、深夜〇時まで柚木が登美子と一緒に料亭にいたという証言を、疑ってみることはできるのではないかと考えた。五稜郭の料亭から入舟町の弓島殺害現場まで、雪の中でも一時間あれば、犯行をすませて往復できる。登美子はなにも知らないままだったが、料亭にいるあいだにじつは一時間程度、柚木が席を外していた時間があったのではないか。その空白の時間と弓島殺害事件を、あとになって登美子は結びつけて考えはじめたのではないか。それが登美子を生かしておけないと柚木が考えた理由だったのではないか。

いや、そればかりではない、と言い出す刑事もいた。柚木が弓島を殺害する動機——妹の過去の被害に報復し、将来の安心を確保してやりたい気持ち——を、登美子は理解し、同情し、協力しようとしていたのではないか。だから登美子の目を盗んだのではなく、登美子が何もかも知った上で、二人でアリバイを偽装して柚木は入舟町に向かったのではなかったか。そして柚木はのちに別の動機も重なって、秘密を握る登美子をうとましく思うようになったのではないか。

もちろん、柚木が登美子を刺したと仮定すると、開けられた窓、垂れ下がったロープ、駐車場からの往復の足跡、商店街の舗道に捨てられた凶器と、共犯者を想定しなければ説明のつかない事がらがたくさん出てくる。だが、それらはひとまず措《お》くとして、この仮定は二つの事件を結びつけ、動機を自然に説明してくれるだけに、どの程度可能性があるか、検証してみる価値はありそうだった。

三月もそろそろ終わろうとして、さすがにもう雪は降らず、陽射しに溶ける残り雪が、至るところでちろちろと流れ出して光りながら舗道を濡らす季節だった。弓島の事件から数えれば、三週間たっている。三週間前のアリバイの記憶を、今さら洗い直すことなどできるのだろうか。

そんな心配を胸にたたんで、刑事たちは登美子と柚木が当夜食事をしたという五稜郭の料亭「えのもと」で根掘り葉掘り質問してみた。だが、記憶の心配はなかったかわり、アリバイが崩れる期待もなさそうだった。というのも、担当だったベテランの仲居は、登美子とも柚木とも顔見知りで、十分か十五分間隔で、料理や酒を運ぶために二人の個室を訪れたが、どちらかが長く席を外していたことはなかった、手洗いに立つ程度の離席はあっただろうが、柚木が一時間も不在だったことは絶対にない、と証言したのだ。これでは柚木に、弓島を殺しに行くチャンスはない。二人で別の日に来たのを、八日と間違えているのではないかと、刑事たちは食い下がったが、「えのもと」側には八日だけ急な欠員があって、仲居たちがてんてこまいで接客した記憶と記録が残っていて、日付に疑いをはさむ余地もなかった。

そうなると、登美子殺害事件が弓島殺害事件に関連している可能性はしぼまざるをえなかった。湯ノ川署はまた、登美子殺害の外部犯行説に目を転じて捜査をつづけたが、監査役に降格された橋口健太郎以外に、動機のありそうな人物は見つからなかった。橋口は、自分の息のかかった工務店で、乱暴な仕事を頼めそうな社員と懇意にしていないとも限らない。そこで大久保登美子の人間関係を手を広げて捜査するとともに、橋口の周辺をさらに詳しく調べていくことになった。ただそれも、ほかに何も見つからないのでしかたなく調べている印象がつきまとっていた。

5

それから五年が経過するあいだに、いくつかの捜査ルートがあらわれては消えた。当時はその全部とはいかなくても、一部はかなり有力に思えたが、時間がたつにつれて、煙のように立ち消えになったり、岩のような反証の壁にさえぎられたりして、刑事たちはもと来た道を引き返すほかなかった。

橋口健太郎監査役の周辺に、特に変わった人の動き、金の動き、噂やたれ込み情報はなかった。弓島敦夫を「はまなす」に連れて行った最初の会社の専務と、橋口監査役が、同じゴルフ場の会員として顔見知りであることがわかったが、それだけのようだった。

登美子社長が殺害された前日、祖先への義理だてから土地の売却を拒んで松崎を引き下がらせ、社長が松崎を叱る原因になった交渉相手に、山形警部と俊介は関心の枠を広げてみた。交渉をまとめる「ネタ」を社長が松崎に授けたのに、松崎はそれを使わなかったようだと柚木渉は言っていた。その「ネタ」が何なのか、社内では知る者がなく、登美子社長が個人的に仕入れて松崎に伝えたものらしかった。となると、二人とも故人となった今、それを明らかにすることは難しいが、それが二人の死になんらかの関係を持っているのではないか。ということはそれが、轢き逃げ事件の犯人である須藤幹夫と山本翔一にも関わっている可能性もあるのではないか。そんな期待を山形は抱いていた。

松崎が土地の交渉を進めていた相手の名前はすぐにわかった。宮崎忠男《みやざきただお》という農家の男で七十二歳、家業の大部分は息子に譲って、自分は自宅前の家庭菜園だけ受け持っているという。

社長が娘の同級生だったと柚木渉が言っていたことを思い出して、宮崎の娘について調べてみると、静江《しずえ》という娘が二〇一三年当時五十歳で、女社長より一歳年下だから、同級生という情報は正確ではなかったが、市内宇賀浦《うがうら》町の同じ中学校に通学していた時期があることがわかった。その後静江は、現在まで父親が住んでいる赤川《あかがわ》町に転居した。

赤川町は市の北部、丘陵地帯に畑が広がる地域で、宮崎忠男の自宅を訪ねてみると、門を入ってすぐの菜園では枝豆の支柱が並び、その脇に三基の墓が立って宮崎の一族を祀《まつ》っていた。

宮崎忠男は、松崎との交渉についてはもちろん覚えていたが、大久保登美子社長は名前を知っているだけで会ったことはない、大久保不動産の土地売却の交渉に、こちらが応じなければならないような事情にも、まったく心当たりがないと答えた。娘の静江は札幌の私立高校で英語を教えているが、現在は海外研修でアメリカに滞在中、大久保社長と知り合いだったかどうかは、本人に訊いてもらわないとわからない、という返事だった。話しながら宮崎は不快そうな顔をした。

「静江さんが中学生のころね、なにかこう、因縁つけられるようなことでもありましたか」と山形は踏み込んで尋ねた。

「因縁？　なんもないしょう」宮崎は言下に否定する。

「だからこの、登美子社長はなかなか、悪だくみする人だったらしいからさ、昔のことでも今さら持ち出して、それでもって父さんがた困らしてやろう、ちゅうような――」

「あるわけないしょう、そんなもの！」宮崎は激高したように山形をさえぎった。

「いや、あるわけないさねえ」山形は笑ってごまかそうとしたが、

「そんなこと調べて、なんになるのさ。うちは大久保不動産ともう関係ねんだから、やめてけれや！」

「いやいや、父さん、調べるちゅうんでないんだ。大久保不動産の書類から、変なものでも出てきたら面倒くさいべと思って、それで訊いてみただけだから――」と山形は適当な口実を言ったが、

「書類？　なんの書類さ。そんなものあるわけねえべ」と言って宮崎老人は立ち上がった。縁側に腰掛けていた俊介と山形も立たざるをえなかった。山形はしきりに詫びたが、もう返答ももらえなかった。

帰り道、

「あの父さん、なんか胸のうちでピンと来たのかもわかんないなあ」と山形はささやいた。

そこで大久保登美子と宮崎静江が中学生だった時期——一九七六年から七七年ごろ——の宇賀浦町周辺の警察記録その他を調べてみたが、何も出なかった。ただ、中学生時代の大久保登美子は不良少女の類いで、学校の欠席も多く、暴走族のグループと交遊があったという証言が得られた。暴かれたくない過去のネタをかかえているのは大久保登美子のほうだったのではないかとも思われた。宮崎静江のほうは、当時の担任によれば、留学を志望して熱心に英語の勉強に取り組む優等生だったということだった。静江の中学校生活に、目立った変化はなかったと思う。登美子を含めて、暴走族とのつきあいなどあったはずがない。一番仲がよかったのは大野沢愛美《おおのさわまなみ》という子だった。静江がいなくなって、しばらくさびしそうにしていたのを覚えている。ただし愛美は、かわいそうに、その後成人式を迎えるころに飛行機事故で亡くなってしまったと聞いた。その前、愛美のお兄さんも高校時代になにかの事故で亡くなっているから、本当に気の毒な一家だった。静江が赤川町へ越した理由は、当時存命だった静江の祖父の介護を兼ねた同居のためだと、静江の母親から聞いた気がする。担任はそんなふうに回想を述べた。

6

けっきょくのところ、この五年のあいだに俊介がもっとも強い興味をいだいたのは、松崎正志を轢き逃げした犯人の一人、須藤幹夫が、大久保隼人の婚約者である山口あかねの元恋人である福岡龍平《ふくおかりゅうへい》の友人だったという情報だった。福岡はあかねが函館に来てから通いはじめた美容室の美容師で、高校時代に須藤と遊び仲間だった。

福岡龍平を介して隼人とあかねが須藤に結びついていれば、隼人が母親登美子を殺害し、それをひそかに目撃した――すくなくとも、知っていた――松崎をも急に殺害しなければならなくなって、須藤たちに犯行を依頼したと推理することができる。

もしその推理が当たっているとすれば、隼人や須藤や福岡龍平に直接尋ねてもシラを切るに決まっているから、俊介たちはしばらく内密にかれらの行動を監視し、「しっぽ」を出すのを待ちつづけた。だが、福岡が隼人やあかねとひそかに出会う場面は訪れなかったし、かれらのうちのだれか一人でも、収監された須藤に面会に行くこともなかった。むしろ福岡は、田家《たや》町にオープンした自身の美容室が赤字つづきで悪戦苦闘していて、どこからか臨時収入が入った様子もなさそうだった。

半年たった一三年の秋ごろ、しびれを切らして山形警部は、福岡龍平に話を聞きに行って——山形が贔屓にしている田家町のラーメン屋に近い、界隈ではずいぶんしゃれたガラス張りの美容室だった——須藤幹夫や山口あかねとの現在の関係をただしてみたが、表情ひとつ変えるでもなく、現在はどちらとも会ってはいないと答えた。あかねは福岡が独立のために借金をしたと知ると、まもなく離れていったという。三月二十二日と二十五日のアリバイについては、はっきりした記憶もなく、証明は得られなかったが、半年前のことなのでしかたがなかった。

こうして福岡龍平のルートも雲行きがあやしくなったが、はっきり行き止まりの烙印を押されたのは、二〇一三年が終わらないうちに、大久保隼人があかねと別れてしまったからだった。母親の登美子が急死した当初は、これで結婚の障害がなくなったと二人は喜び、隼人の人見《ひとみ》町のマンションにあかねがさっそく転がり込んで同棲生活をはじめたのだが、登美子の自宅を改修して住みたいという隼人と、死人が出た家は嫌だから売ってしまえと主張するあかねとのあいだで意見が対立するうちに、あかねが江差の地主と金銭ずくで浮気していることが隼人にばれ、婚約はたちまち解消されたのだった。あかねは「あんたの態度が煮え切らないからだよ」と抗弁したが、隼人は聞き入れず、あかねはただちに江差の地主と連絡を取って自由の身になったことを知らせた。ところが足下を見た地主は、今までどおり愛人待遇でいい、と言ってあかねを憮然とさせたらしい。

同時に、社長と松崎正志の両名を突然失った大久保不動産は、従来の業務内容を維持するのに四苦八苦で、隼人を遊ばせておく余裕はもはやなく、隼人のほうも——橋口監査役と柚木渉が語ったところによれば——期待に応えて、すこしずつ仕事に身を入れるようになった。雨降って地固まるかな、と柚木は上機嫌に言った。

二件の殺人まで犯して一緒になろうとしたにしては、隼人とあかねの縁の切れ目はあまりにもあっけなかったが、捜査の目をごまかすカモフラージュではなさそうだった。俊介たちは二人に、考えられる限りの探りを入れてみたが、二人の単純さ、率直さには嘘いつわりもなさそうで、一四年が明けると隼人はさっそく——母親がにおわせていた銀行支店長の娘はさすがに願い下げらしかった——歯医者の受付で働く女に熱をあげ、今度はさしたる反対者もなく一五年の春に結婚した。

登美子が急逝したのち、会社はしばらく銀行や東京の大手建設会社との相談を繰り返したが、やがて松崎がかつて信頼を寄せていると言っていた、斉木繁和専務が社長に昇格することになり、橋口監査役は定年までの残り期間、副社長に返り咲いた。

斉木新社長は、登美子の父親である創業社長が気に入って市の出張所から引き抜いた人材で、優秀なことは間違いないし、柚木渉によれば「品行方正を絵に描いたような」男だったが、捜査本部としては、登美子社長の死によって利益を得た者として、斉木繁和もマークせざるをえなくなった。だが自宅の一室に凝った田園の風景をこしらえて線路をめぐらせ、昔の国鉄の特急や急行の模型を走らせることが唯一の趣味であるこの男は、どんなに叩いても埃の類いはなにも出てこなかった。生前の松崎正志との信頼関係も、真面目派同士の絆以外のものではないらしかった。

一四年の三月、登美子と松崎の一周忌を迎えたころには、捜査本部にギブアップの雰囲気がただよい、人員は縮小され、俊介と山形はまだ事件にこだわっていたが、調べるべきことはほとんどなくなっていた。遺留品のロープや包丁は函館市内で購入することが可能だというところまで突き止めたが、それ以上には進まず、目撃者もあらわれなかった。一四年の秋には、東京で柚木しおりが結婚することになり、式に出るために柚木渉が——従姉である辻村葉子ママと一緒に——七飯町の両親を連れて東京へ行ってきたという話を、俊介たちはしばらくたってから聞かされた。相手は以前から噂になっていた吉川新太、のちにしおりの小説を担当することになる編集者だった。

死者は死者として不動だが、生きる人々の生活は徐々に変化していく。あたりまえのことだ。俊介の一人娘の清弥子《さやこ》も小学校に通いはじめ、だんだん活発な個性を発揮した。それはそれで見ていて心が休まったが、他方いつまでも死者たちにこだわる俊介にとっては、すべてが変化していくのに、それに気づくことが許されないようで、申し訳なさと息苦しさを味わいつづけていた。

第四章　柚木《ゆずき》しおりの小説

1

ジャン・ピエールに電話をかけてみると、三事件への協力はこころよく約束してくれたが、今週は珍しく忙しいので、会えるのは一週間後ということになった。そこで待っているあいだに、俊介は同僚の誰かが集めてきていた柚木しおりの推理小説を読んでみることにした。

「小説としては、なかなかだと思ったよ。力入ってるし」と山形が言った。そういえば山形は小説が好きで、いつだったか『飢餓海峡』とかいう分厚い文庫本を読んでいたのを俊介は思い出した。飢餓海峡ってなんですか、と尋ねると、なに、津軽海峡のことさ、と言って山形は笑っていた。

「これみんな、読んだの」

「読んだよ。おもしゃかったから」

「手がかりはなかったの」と俊介が訊くと、山形はにやりと笑って、首を振りながら、

「したって、小説は小説だべさ」

もとより柚木しおりの小説は架空の創作物であり、そこに三事件を解決するための手がかりが埋め込まれているると、俊介としても期待したわけではなかった。あくまでも関係者の一人であるしおりの人物像を、少しでも知ろうと考えただけだった。函館の読書好きのホステスが東京で推理作家に変貌するには、どんな苦労、あるいは幸運が介在したのだろうか。

柚木しおりがこれまでに発表した小説は三作、最初が「神さまのおくりもの」という中編で、推理小説界の新人賞の一つ「夏樹静子賞」を受賞している。これだけは俊介も目を通していた。かなりの程度しおりの経験を反映した小説だった。

この作品はふつうの推理小説のように、まず殺人事件が起きて、警察や探偵が捜査の結果犯人を逮捕する、という流れにはなっていない。主人公で語り手でもあるあづさが、元夫である雄介《ゆうすけ》の死体を目の前にして立っているところから、物語はスタートする。あづさは雄介の暴力に悩み、なんとか離婚にこぎつけたのだが、その後ストーカーと化した雄介に悩まされ、東北地方の故郷を捨てて東京に出てくる。そこまでのあづさは作者柚木しおりに似ているし、雄介は入舟町の弓島敦夫に似ているはずだ。

あづさは東京に落ち着いてからも、いつ雄介に居場所を探り出されるかわからない、探り出されたら自分は殺されるに違いない、という恐怖にとりつかれ、一日も安心できない生活を送っている。はたして一年もたたないうちに、どうやって調べたのか、雄介はあづさの前に姿をあらわす。現実の柚木しおりには起こらなかった展開であるが、実際に恐怖にふるえているうちに、こんな物語を空想したのだろうか。

雄介が現れるころまでにあづさは、雄介にまんいち再会する日が来たら殺すしかない、でなければ殺されてしまうと確信している。そのために部屋の中には、不便を承知でピアノ線を膝の高さに二本張っている。玄関から奥へ逃げたあづさを追って突進してきた雄介をつまずかせるためだ。そして棚の陰や壁の隅には、金属バットや厚手のガラス花瓶など、とっさに防具や武器として使える品々をならべてある。それらは冷静にシミュレーションした結果というより、たえず湧き上がる恐怖をすこしでもやわらげる工夫の積み重ね、「いや、正確に言えば、病んだ心が勝手に描き出した妄想の一部だったのだろう」とあづさは回想の中で分析している。いつ来るかもしれない雄介がそれほど怖かったのだ。俊介は読みながら、その心理に納得を覚えた。ふだん出かけるとき、ハンドバッグに果物ナイフを入れておくことも、いつの間にかあづさの習慣になっていた。

半年後、雄介は突然やってくる。そして予想どおり、「ぶっ殺してやろうか」と脅しながら靴のまま玄関から上がり込んだ廊下の途中で、ピアノ線に足を取られて前のめりにはげしく転倒する。間髪を容れず、あづさは金属バットで力いっぱい殴打し、最後には十キロある銅製の仏像を振り上げ、すでに血を噴いている雄介の後頭部に思い切り振りおろす——現場検証でそう認定されるが、あづさ自身は夢中だったので、ほとんどなにも覚えていない。結果として雄介は血にまみれて動かなくなる。ここから先が、小説の冒頭で描かれていく場面だ。

あづさはぜいぜいと息をしながら、まず雄介の死を確認する。すぐに救急車には連絡しない。まんいち一命を取りとめて、回復でもされた日には、次こそ残酷に復讐されるに決まっているからだ。雄介がもう息をしていないことがわかってから、ようやくあづさは警察に電話をかける。物音に心配してドアの外に集まっていた隣人たちに、「だいじょうぶです。もうすみました」と挨拶して、あづさはぐったり玄関にへたりこむ。

「神さまのおくりもの」が推理小説らしくなるのはここからである。まずは警察の現場検証、事情聴取、あづさの逮捕へと物語はつづく。雄介のおもな死因は金属バットによる右側頭部への最初の打撃で、これが頭蓋骨の陥没骨折を引き起こしていた。最初の一撃がクリーン・ヒットしたことについて、「どこを狙ったか、覚えていません。どうしてあんな力が出せたのか、それもわかりません。あの力は、きっと、神さまのおくりものだったんです」と言ってあづさは泣き崩れる。ただし、その後加えられた打撃によって、頭蓋底骨折や線状骨折も生じて、死への速度が速められたことも間違いなかった。あづさは素直に取り調べに応じ、ただ、だれでもいいから女の弁護士をお願いします、と刑事に依頼する。

女性国選弁護人が登場すると、あづさの行動が正当防衛で無罪と判断されるか、それとも過剰防衛や殺人に相当するか、という裁判のゆくえに物語の焦点は移っていく。あづさ自身はそのゆくえにはさしてこだわりを見せない。たとえ有罪になっても、これ以上ぎりぎりと不安にさいなまれて暮らすよりははるかにマシだと確信し、安心しているからだ。このごろはゆっくり眠れるようになりました、とあづさは弁護士に打ち明ける。弁護士は、おそらく過剰防衛と傷害致死が認定されるが、執行猶予がつくだろう、と判決の予想を述べる。あづさは黙ってうなずく。はたして判決はそのとおりになる。懲役二年執行猶予五年だ。あづさの不安、恐怖、パニックなどが、短いながら克明に描かれているので、俊介もこの判決におおよそ納得した。

あづさは自宅へ帰り、一週間後にはすべてが終了する。あづさには貯金があったので、弁護士には十分に謝礼を払うことができる。

週刊誌が一社、事件の直後からあづさを追いかけ、記事にしてきた。記事はあづさの情状を酌量《しやくりよう》して無罪を主張したが、執行猶予のついた判決には異をとなえない。そのかわり、過去のストーカー犯罪事件をいくつか振り返りながら、今後は女性が、ただか弱い被害者であるだけでなく、ストーカーに対して果敢に反撃し撃退する勇者でもありうること、そしてあづさは、反撃する女性の先駆者であり、反撃する女性に対して、司法も世論も、一定程度寛容であることを今回の事件の報道や判決は示している、と記事は力説する。引用をふんだんにともなって記事は丁寧に紹介され、作者としても、女性はいつまでも被害者ではいない、とする反撃の視点を作品に盛り込んでいるように思われる。

この記事を書いていたのは、牧本《まきもと》明《あきら》というフリーライターだった。あづさや弁護士に入念に取材する正義感の強い三十歳前後の青年として物語に登場し、あづさを支援する姿勢を物静かに語っていたが、すべてが終わり、週刊誌連載の最終回も記事になった時期、あづさはもう一度、もう用がないはずの牧本に会って、頰笑みを交わす。二人はレストランであらためて祝杯をあげ、それからタクシーを拾って一緒にあづさの自宅に行く。玄関を入りながら、「もうピアノ線は外したね？」と牧本は軽口をたたく。

読者が驚かされるのはそこからだ。二人の会話によって、事件当日、牧本がこの部屋にいて、元夫の雄介がやってきてからの一部始終を目撃していたことがわかってくる。いや、目撃どころか、転倒した雄介に金属バットで最初の強烈な一撃を与えたのは、あづさではなく牧本だったこともわかる。「だってあたし、どうしても怖くて……」とあづさは振り返って言う。ピアノ線を張り、さまざまな武器を用意しても、雄介に面と向かって攻撃を仕掛けるまでに恐怖心を克服することが、どうしてもできなかったのだ。執念深い雄介の目に睨まれると、射すくめられたように身体中がこわばってしまうからだ。だから話し合いの末、牧本が最初から手伝うことになった。雄介をおびき寄せ、あづさは部屋の奥へ逃げ、追いかける雄介はピアノ線に引っかかって転び、即座に牧本は家具の陰から飛び出して金属バットで殴りつけ、雄介の身体から力が抜けると、殴打のつづきをあづさに任せて、牧本はすばやく部屋を去る。そういう段取りだった。

それまで牧本はこの部屋へほとんど来たことがなかったし、とりわけ事件の日には何にも手を触れないで注意深く待機していた。その日雄介が東北の故郷からやってくることは、牧本にもあづさにもわかっていた。牧本が雄介に電話をかけて、あづさの東京の住居を教えるから、東京にいつ来るか決めてくれ、と言ってやったからだ。牧本は雄介の前で、あづさに突然別れ話を持ち出されて腹を立て、リベンジを望んでいる男を演じていた。交際中に聞いていた昔の話を手がかりに、雄介の勤め先を調べたと言うと、雄介はそのままそれを鵜呑みにした。最初雄介の会社に電話をかけ、あづさに関して情報があるので携帯にあらためて電話する、と言って携帯電話の番号を聞き出し、あとは公衆電話から電話して、上京の日程を決めさせればよかった。三日後の日曜日にかならず東京へ行くと、雄介ははずんだ声で牧本に伝えた。三日後という約束を雄介はちゃんと守った。あづさと牧本は雄介を、飛んで火に入る夏の虫を待つように待っていた。

「これでよかったのさ」と牧本は言う。「今はストーカーを撃退するために、人に助けを求めることまでは合法化されてないけどね。でも、いつかそんな時代が来るかもしれないよ。だってそれが当然なんだからね。おれたちは時代にさきがけてるだけさ」と牧本はうそぶく。あづさはそれを聞いて、「生まれて初めてのような」安堵のため息をつく。

つまりこの事件は、最初から二人の計画犯罪だった。二人には絡みあった動機があった。あづさは雄介によって生存をおびやかされていた。そのあづさを苦境から救い出すことによって、牧本はあづさの感謝と愛情を獲得することができた。しかも、ストーカー事件の被害者の正当防衛の問題は、牧本の見るところ、マスコミがおおいに議論するべき――少なくとも週刊誌が取り上げるべき――トピックであり、牧本はそのネタを身近なところで手に入れたことになる。牧本は四回にわたって、この事件および過去の類似の事件を週刊誌上で取り上げ、それらの記事をもとにして著書を出版する運びとなり、ストーカー問題に関して被害者女性の立場から解説する評論家として、女性弁護士たちと一緒にテレビに出演するまでになった。二人の作戦は成功したのだ。マスコミにうさんくさい目で見られるのを恐れて、これまで二人は秘密の関係をつづけてきたが、そろそろ正式な入籍の日取りを相談してもいいと思っていた。

俊介がここまで小説を読んで引っかかったのは、被害者の雄介の携帯電話の履歴である。事件の当日まで、公衆電話からの着信が急にふえていたとすれば、誰かが雄介をあづさの家へ誘導したことが推測されるのではないか。現実の弓島敦夫の事件の場合には、ストーカー弓島が被害者の家へ誘導されることはなかったが、やはり公衆電話の着信があったから、なんらかの同様の連絡や情報提供が行われたとも考えられている。その着信がのちの犯行に直接関与していないとしても、その点を明らかにしないうち捜査は終わらないのではないか。だが残り数ページで、その点は取り上げられ、話の展開は一気に逆転する。推理小説というのはこういうものかと、俊介はなかば感心したような気分だった。

すなわち、二人があづさの部屋のベッドで会心の笑みを浮かべて抱擁をはじめたところで、チャイムが鳴り、警視庁の刑事たちが訪ねてくる。あづさではなく、牧本のほうに訊きたいことがあるので所轄署まで来てもらいたいと言う。牧本がここにいると知っているということは、前もって尾行していたのだろう。

「ぼくに？　どうしてです？」とうろたえて尋ねる牧本に、

「あなたは愛知《あいち》県一宮《いちのみや》市立××中学校で、野球部に所属していましたね。不動の四番バッターだったそうじゃないですか。左打ちの」

「え……」

そうか、と思い返して俊介は納得した。少なくともバットに関して左利きだとわかれば、雄介の右側頭部を直撃したバットの最初で最大の一閃《いっせん》が、あづさの身近にいる左利きの男の手によるものだと疑う材料になるだろう。頭蓋骨陥没の骨折のしかたがもっと詳しく書いてあれば、あづさのかわりを務めた男の影をかぎつけることが、おれにもできたかもしれない、と俊介は思った。推理小説としては、これでいいのかもしれないが。

刑事たちは重ねて、雄介を東京へおびき寄せたとしか思えない、複数回の公衆電話からの着信履歴に触れ、ついては事件当日の行動を詳しく伺いたい、と言って牧本に同行をうながす。そこで小説は終わっているが、おそらく真相は暴露されることになるのだろう。犯人が逮捕されて終わったほうがたしかに安心できる、と思いながら俊介は雑誌を閉じたのだった。

「神さまのおくりもの」は、推理小説として奇抜なトリックを設定した作品ではないが、前半では恐怖にふるえる被害者であり、途中から加害者に転じたあづさの心理が詳しく、わかりやすく描かれている点が特徴だと言えるだろう。それが小説の中だけでなく、現実のストーカー問題にも一石を投じる効果も期待できそうで、同種の状況に苦しんでいた作者柚木しおりの意図もそこにあったのだろうと俊介は思った。

この中編小説が、柚木しおり周辺の事件について示唆するところはあるだろうか。主人公あづさの心理や行動に、しおり自身の経験がある程度反映していることは間違いないだろうが、弓島敦夫が入舟町で殺害された事件に、明らかにしおりは関係していない。東京にいては手助けなどできなかったし、弓島はどこかへおびき出されたわけではなく、自宅に帰ろうとしていただけだ。犯行の現場も屋外だ。事件の日に公衆電話から被害者の携帯に着信があった点だけ、小説中の雄介の状況と似ているが、その程度なら誰でも考えつきそうな工夫で、しおりが小説を書くにあたって、現実の事件から着想を得たとわざわざ言うほどのことでもない。小説よりも現実の弓島事件のほうが三年以上前に起きているのだから、その程度の類似はむしろ自然だろう。

第一、もししおりが吉川新太の協力を得て弓島を殺したとすると、四年後にそのことを、じつは男がストーカーを殺したという真相を、小説に書くだろうか。協力した吉川は嫌がるのではないか。恋人のストーカー被害を根絶するためとはいえ、殺人をみずから実行ないし手伝っていたとすれば、いくら四年後でも、吉川はこんな小説を発表されるのに抵抗したのではないか。

いや、吉川が嫌がらなかった可能性はある、とも俊介は思った。吉川はしおりと恋仲になり、結婚しただけでなく、自分が担当する小説家として、しおりを育ててデビューさせた男、それによって利益を得た男だといえる。だから、たとえ自分が関わっていたとしても、しおりの作家デビューのために背に腹は替えられず、あえてペンを取ることを勧めたかもしれない。いや、背に腹は替えられぬどころか、積極的に関与し、事件を引き起こしておきながら、同時にそれについて素知らぬ顔で小説に書かせるだけの厚顔を、吉川が持ち合わせていなかったとも限らないだろう。

その場合、吉川は二〇一三年の段階で、すでにしおりと相当に懇意であったことが想像される。その点はしおりが東京へ出てまもなくから、吉川と親密な関係にあったらしいとの警視庁の捜査員からの情報もあった。

そうなると、吉川新太のアリバイを、もう一度洗い直す必要がある。吉川は弓島事件の当日、京都市内に宿泊して、夜半に函館へ来ることなどとてもできないと思えたのだが、なにか、それこそ推理小説で使うようなトリックが隠されているのかもしれない。五年前に京都へ行って、確認を取っておくべきだったか。その後の時間が吉川としおりをすっかり安心させてしまい、こんな小説を発表するほど気がゆるみ、無力な警察を鼻で笑っているということなのだろうか。

だが、結論を急ぐのはやめよう。今さら急いでもしかたがない。ジャン・ピエールの意見を待とう。吉川新太のアリバイが怪しいとあの青年が言い出したら、そのときには自分は京都でもどこでも行って、しっかり再捜査をはじめよう。

2

しおりの二作目は「はんかくさい女」というタイトルの短編で、舞台は函館に設定されている。「はんかくさい」は「愚か」の意味の北海道方言だが、それをあえてタイトルに出したところに、作者の狙いがひそんでいるのだろうと思えた。

港祭りの夜だから八月初旬、五稜郭駅近くの空き地の植え込みの陰で、二十代の女の刺殺体が発見される。浴衣姿で、小さなポシェットには身許を特定するものが入っていなかったが、見つかった携帯電話を調べて、被害者は近所の小池《こいけ》という家の長女絵里香《えりか》、二十四歳と判明する。家族に訊くと、絵里香は港祭りを見に行くために夕食後家を出た。ボーイフレンドが国道の信号へ、車で迎えに来ることになっていたという。

そのボーイフレンドは、間宮《まみや》ヒロカズ二十三歳、看護師である絵里香と同じ病院で医療事務を担当している。八時の約束で亀田本町《かめだほん》の信号で待っていたが、二十分待っても絵里香が現れず、携帯にも出ないので、同乗の仲間二人と相談して、そのまま祭りに向かったと言う。同乗の仲間とはヒロカズの弟と、弟がつきあっている女子高校生で、かれら三人が示し合わせて嘘をつく可能性はなさそうだと警察――五稜郭署という架空の署名が使われている――では認定する。

絵里香は果物ナイフ様の凶器で頸動脈から顎にかけて払ったように切られ、倒れてから植え込みの陰へ二メートルほど引きずられていた。偶然でなければ熟練の殺し屋のしわざにも見えた。血痕の状況などから、午後七時四十五分ごろ自宅を出て国道へ向かっていた絵里香は、暗がりの空き地を通ったときに待ちかまえていた犯人にいきなり襲われたと考えられた。近所の民家で悲鳴を聞いた者はなかった。発見は午後九時、帰宅途中の老婦人が白い浴衣の裾と素足が植え込みからはみ出ているのに目を留めたのがきっかけだった。

遺体に関して特異な点は、常用していたメガネがなくなっていたことだった。絵里香は近眼で、コンタクトが目に合わず数年前からメガネをかけはじめたが、だんだん凝った、高価なメガネに興味を持って、最近は小さなダイヤモンドを嵌め込んだイタリア製をかけていることが多かったという。自宅を出る絵里香の様子は母親が見て、そのメガネをかけていたことを覚えていた。現場ではどこを探しても見つからなかった。

絵里香の人間関係を調べていくと、同僚の看護師で、間宮ヒロカズと二か月前までつきあっていた西野千奈美《にしのちなみ》、二十八歳が浮かび上がる。千奈美はヒロカズが絵里香に乗り換えたことに腹を立てていた、という噂が病院内には広まっていた。だが千奈美はその日遅番にあたっていて、勤めが終わったのは九時半、それまで一歩も病院の外へ出ていない。病院は宝来町にあって、現場——および絵里香の自宅——から車で片道三十分ほど離れているので、千奈美の犯行が不可能だったことは間違いない。そもそも犯行は、ナイフを一閃させた角度と深さから、ある程度身長のある男の犯行だと推定されていた。だが、絵里香の周辺に疑わしい男の影はなかなか浮かんでこない。

メガネについては、高価な品だから盗まれたのだろうと当初は推測されていた。メガネは人によって当然レンズも異なる。レンズだけを交換しようとメガネ屋に持っていけば足がつくだろう。フレームにはめ込んだダイヤもごく小さいもので、取り出して粒にすればせいぜい一、二万円の価値しかない。とっさに盗んではみたが、後になってから犯人はそうした事情に気がついて、メガネから利益を得ることをあきらめたのではないか。

だが、ポシェットにはいった財布の三万円は盗まれていないので、もともと金品を目的とした強盗殺人とも思われず、それならメガネをなぜ奪ったのかは謎であり、その謎に犯人発見の鍵が隠されているのではないか、とうがった見方をする者もいた。

そのメガネは、絵里香が東京へ遊びに行った夏休みに、表参道のメガネショップで購入したものだった。函館市内のデパートなどで婦人服やアクセサリーを売っている石上裕也《いしがみゆうや》という四十七歳の男が、春に盲腸で入院しているあいだに絵里香と知り合い、五月の連休中に東京旅行に同行したこともわかった。石上は絵里香にとって、ヒロカズの前の恋人ということになるようだった。

石上に尋ねると、絵里香との関係は一時的なもので、連休中には一緒に東京に出かけたが、その後まもなく別れたという。自分は結婚を望まないタイプだが、絵里香のほうは結婚願望を抱き、五月には間宮ヒロカズとつきあいはじめてうまくいきそうだったので、自分と別れるのにトラブルも躊躇《ちゅうちょ》もなかったし、金銭のやりとりなども必要なかった。自分としては東京で買ってやった二十万円のメガネフレームの元をまだ取ってない気がしたが、手切れ金だと思ってあきらめた、と石上は苦笑して言った。

絵里香のメガネを、貴重品だから石上が取り返そうとしたと仮定しても、そのために殺すことまでするものかどうか。石上が意外に未練が強く、よりを戻そうとして絵里香に拒まれ、殺人に至ったと想像することもできなくはないが、そうだとすれば、自分と結びつくメガネをわざわざ盗んだという行動はかえって理屈に合わない。

事件当夜午後八時前後の石上のアリバイは曖昧だった。産業道路沿いのパチンコ屋を二軒ハシゴしていたというのだ。それらパチンコ屋の従業員や二、三の常連客に尋ねてみたが、石上のワインレッドのカペラを見たと思うという証言がようやく一つ得られただけで、あとのことはわからなかった。カペラが停まっていたパチンコ屋から亀田本町の現場までは、徒歩で二十分ぐらいの距離だった。

そうこうするうちに、絵里香の恋人ヒロカズと以前つきあっていた千奈美が、ヒロカズと同僚になる前に勤めていた病院の小野寺茂樹《おのでらしげき》という医師と、不倫関係にあるという噂が捜査陣の耳に入った。小野寺は真面目というのか、黙々と耳鼻科の診療にあたってきた五十男で、見合い結婚で子供もなく、看護師と軽口のひとつもたたくでない地道な生活を繰り返してきたが、千奈美と知り合って劇的に変化し、今では女房を実家に帰して離婚届を郵送するところまで行っているという。さっそく千奈美本人に確かめると、今では小野寺と一緒になる方向で話が進み、奥さんが離婚に同意するのを待っているところだ、と語った。

念のために刑事たちが小野寺茂樹にも話を聞きに行くと、小野寺の証言は千奈美の話と一致していた。アリバイについては、当日午後七時五十四分函館駅発スーパー北斗二十三号で東室蘭《ひがしむろらん》へ向かい、到着先で出迎えを受けたということだった。亀田本町の現場から函館駅まで、車を飛ばしても二十分はかかる。殺害は午後七時五十分前後だから、この時刻に現場にいたのでは、四、五分で駅に行かねばならず、小野寺にはとうてい犯行は不可能である。

しかしスーパー北斗には、函館駅から乗らなくても、現場に近い五稜郭駅から乗れば間に合うので、捜査陣は簡単に小野寺を諦めなかった。スーパー北斗二十三号は、函館を出て五分後の七時五十九分に五稜郭駅に短く停車する。また小野寺は長身で、犯人像にうまく適合している。だが捜査陣が小野寺に執着した最大の理由は、ほかに容疑者候補が浮かんでこないからだった。

耳鼻科医の小野寺茂樹と被害者小池絵里香とのあいだには接点がなかった。絵里香が小野寺の耳鼻科に通った形跡もない。そこでやはり無理ではないかという声もあがったが、刑事たちの何人かは一つの可能性として、小野寺の恋人である千奈美が、自分からヒロカズを奪い去った絵里香を憎み、復讐しようとして小野寺をたきつけた、という線を考えてみたいと言った。そんな線を想定して聞き込みをつづけてみると、千奈美はたまたまヒロカズと別れてムシャクシャしていた時期に小野寺に偶然再会して、遊び心から誘ってみたところ、小野寺のほうがいっぺんに夢中になったらしい、という話も聞こえてきた。千奈美としては、本気で小野寺の妻の座を奪い取る気は当初なかったものの、相手がその気になってみると、医者の妻の座も悪くはないかと気持ちを切り替えたようだ。そう教えてくれたのは、千奈美の昔からの友人で、名前は絶対に秘密にしてくれと、何度も念を押す女だった。

そうであれば、可能性は広がるように思われた。さして本気でなかった千奈美が、小野寺の執着を利用して妻の座におさまろうとするとき、ついでに絵里香への復讐を果たしておきたいと思いついたとしても不思議ではない。絵里香を殺さないまでも、暴漢のふりをして一、二か月入院生活でも味わわせてやれ、と命じて小野寺が実行すれば、それだけでも溜飲《りゅういん》が下がるだけでなく、小野寺の犯罪の秘密を自分が握ることになるから、結婚後も贅沢三昧そのほか有利な条件が期待できる。そんなふうに千奈美が計算をはたらかせ、千奈美に惚れ込んだ小野寺は、やむなく言うことを聞いたのではなかったか。

そこで小野寺のスーパー北斗に関するアリバイを、詳しく調べ直すことになった。そのころにはもう事件から二か月がたって、目撃者もあらわれなかったし、函館駅や五稜郭駅でも、駅員が小野寺を記憶している証言は得られなかった。すると小野寺は、

「そうだなあ、おれももうあんまり覚えてないけど……」と顎をさすって、

「あの日は港祭りだったから、駅の中はごたごたしてて、時間ある人がたは外に出て花火見てたしょう。おれはキヨスクで、週刊誌とビール買ったんだけど、キヨスクのおばちゃんも覚えてないべなあ。……あ、そうだ、おれのすぐ前で、新聞だかなんだか買った男がさ、釣りが足りないって文句言って、しばらくもめてたんだよね。百円足りないってさ。おばちゃんはたしかに渡したって言うしさ。どうもこうもなんなくて、その男、『くそばばあ！』なんて怒鳴ってさ、買った新聞おばちゃんに投げつけて、行っちゃったんだよね。

そんなことあったよ。おれが週刊誌買おうと思ってる目の前でね」

「どんな風采の男でした？」

「なあに、無精ヒゲはやしてさ、きったないシャツ着て、ホームレスの親戚みたいな野郎さ。歳のころは四十か五十か、いかにも百円ぽっちのことで言いがかりつけそうなやつなのさ。おばちゃんもそれわかってて、警戒してたんでないべかねえ。たいした度胸のいいおばちゃんだったさ、はっはっは」

そこで刑事たちはまた函館駅に引き返して、待合所前のキヨスクで尋ねてみると、港祭りの日に勤務だった店員は六十二歳のどっしりした「おばちゃん」で、夜七時四十五分か五十分ごろ、たしかに人相の悪い男に釣り銭が百円足りないとからまれた覚えがあり、その男の顔ならはっきり覚えているという。その種の因縁をつける客には慣れているので、釣りを自分が間違えたはずはなく、自信をもって応対した、との返答だった。

「いや、その男でなくて、その男がいなくなってから、次に週刊誌とビール買った男なんだけどさ」と刑事たちは小野寺の写真を見せたが、

「さあ、そのあとの人のことは覚えてないねえ。みんなふつうの人がただったもの。あ、店じまいするころ、若い女が踏み台に乗って、あちこち写真撮ってたのは覚えてるよ。ほれ、折りたたみの踏み台あるべさ。たなぐにいいやつ」

「……脚立のことかい」

「そ、脚立さ」と言っておばちゃんは売店の端を指差し、

「あれをそこに、ふっつけるみたいに置いて、上にあがって写真撮りだしたんだよね。まさかうちの店の屋根ば写真に撮るわけもないだろうから、なにしてんだべと思ったけど、待合室の写真撮ってたんだね。あちこちに脚立ば置いて、そのたんびにあがってたもの」

「カメラマンだったんですか。プロの」

「プロでないしょう。ハイヒールなんかはいてるから、踏み段から落ちそうになってよろよろしてたもの。プロならよっぽどはんかくさいね、はっはっは」とおばちゃんは大笑いした。

ただ、おばちゃんの記憶に残っていないとしても、犯行時刻である七時四十五分から五十分の釣り銭騒ぎを、小野寺がその場にいて目撃していたとすれば、小野寺のアリバイは成立することになる。やはり小野寺は無関係なのだろうか。

ただ一人、執念深い刑事——この五稜郭署の刑事が、作品の主人公だった——が、駅キヨスクの近くに隠しカメラを設置しておけば、現場にいなくてもキヨスクの状況を録画して、小野寺は後から情報を仕入れることができると思いついた。もう一度キヨスク周辺を調べてみると、十メートルほど離れたコインロッカーの上や、二十メートルほど離れた函館名産おみやげ品の展示ケースの上になら、さほど怪しまれず、また盗難にも遭わずに隠しカメラを仕込んだバッグなどを数時間置いておくことができそうだと思われた。

だが、十メートルも離れた位置からでは、キヨスク付近での話し声などは拾えそうもない。店のおばちゃんと客のやりとりの内容を把握することはたぶん無理だろう。すると百円足りないと因縁をつけた、という細部が、あとから盗撮録画を見た小野寺にどうしてわかったのだろうか。

——そうだ、録画装置とは別に、ICレコーダーで音を録音しておけばいいんだ、と刑事は思いつく。そうだとすると、レコーダーの設置場所はキヨスクの屋根の上しかない。高さはちょうど二メートルぐらいだ。身長の高い男なら、小野寺なら、手を伸ばせばさりげなく屋根に触れられるし、あとから簡単に取り戻せる。いや、小野寺はいなかったのだ。あの夜から東室蘭に行って、帰ったのは翌日の夜だ。ではレコーダーは翌日まで回収しなかったのだろうか。いや、キヨスクの周辺で脚立に乗ってカメラを構えていた女がいた。ハイヒールをはいて、プロのカメラマンでもないのにあちこちに脚立を置いたのは、屋根の隅に置いたICレコーダーと、おそらくコインロッカーなどの上に置いた隠しカメラを回収しにきたのだと考えれば納得が行く。背が低いので、レコーダーやカメラに手が届かないために、撮影のふりをして脚立を使ったのだ。だとすれば、その女は西野千奈美だったに違いない。やはり千奈美は自分に夢中になっている小野寺を利用して、自分から間宮ヒロカズを奪った小池絵里香に復讐しようとしたのだ。

主人公の刑事はこうして、鑑識係二名を連れて函館駅のキヨスクに戻り、おばちゃんに西野千奈美の写真を見せる。

「おばちゃんさ、例の事件の夜、店じまいのころに、ハイヒールで脚立に乗って写真撮ってた、はんかくさい女いたって言ってたよね。そいつ、この写真の女かい？」

「え？　……ああ、そうだよ。間違いない。はんかくさい顔してるべさ、ははは」

鑑識係がキヨスクの屋根を中心に指紋の採取をおこなったところ、幸い屋根にはここ半年ほど清掃がなされていなかったため、二か月前に細長い四角形のものが置かれた跡もうっすら残っていたし、その周囲からは千奈美の指紋も採取された。そこで千奈美が五稜郭署に呼ばれ、やがてすべてを自供し、小野寺とともに逮捕されることになる。

千奈美は小野寺を本気で好きになったわけではないが、小野寺が自分にひれ伏して服従を誓うのが面白くなって、憎い小池絵里香に復讐を果たしてくれれば結婚を考える、と約束した。絵里香を殺してもいいが、顔を傷つけるだけでもかまわない。そう言ったところ、小野寺はICレコーダーとビデオカメラを使ったアリバイ工作を考えつき、函館駅のキヨスク周辺にそれらをしかけておくから、あとで回収してくれと千奈美に協力を求めた。こうして、愛情よりもむしろ犯罪の共犯関係によって結びつきを確保することが、双方にとって自然で好都合な展開になったわけだ。

港祭りの当日、祭りに行く絵里香が八時にヒロカズと待ち合わせた、という情報が千奈美にもたらされると、千奈美はそれを小野寺に告げ、その日を犯行の日と決めて、小野寺はあらかじめ函館駅にレコーダーとビデオカメラを設置し、亀田本町へ行って自宅から出てくる絵里香を待ち伏せた。頰を狙ったナイフの一撃が首筋へずれたために、結果は殺人になってしまった。報告を聞いて、千奈美も真剣にならざるをえなかった。病院を九時半に出ると、必死の思いで函館駅へ行って、レコーダーとビデオを回収した。レコーダーはキヨスクの屋根の向かって左隅に置いてある、と小野寺に言われ、背の低い自分は屋根に届かないので、カメラマンのふりをして脚立を用意することはあらかじめ考えていたが、脚立など使ったことがないので不安定で怖かった。よろけて立ち上がれないでいたところをキヨスクのおばちゃんに見とがめられたのだろうという。

この小説の結末の読みどころは、犯人二人の事情が明らかになってみると、絵里香の顔からなぜメガネが奪われていたか、それも同時に解明された点だ。小野寺は絵里香の顔を知らなかった。千奈美に写真を見せられ、ダイヤモンドをはめ込んだ高価なメガネをかけた女として絵里香を認識し、襲いかかった。見ず知らずの他人だが、間違いなく絵里香を襲った証拠として、あとで千奈美に見せるために、小野寺はついメガネを戦利品としてポケットに入れたのだという。その足で、五稜郭駅から特急スーパー北斗に乗って東室蘭へ向かった。九時十分と約束してあった時刻に特急のデッキから電話をかけた小野寺は、小声で千奈美に「うまくいった。お土産にメガネをもらってきた」と自慢げに言った。

この小説は容疑者が二転三転して、読んでいてなかなか面白いと俊介は思った。実際の捜査であれば、二転三転どころか、すべて同時並行に、網羅的に分担して進められるだろうことは言うまでもないが、捜査の流れ、刑事たちの活動は自然で、無理がないように思えた。

舞台が函館に設定され、警察署の名前などいくつかの点を除けば、だいたい函館の実際の生活や地理がなぞられている点も、この作品の特徴だった。冒頭の港祭りの花火大会の描写は、いかにも地元を知っている作者らしい、なつかしさのような思いがただよっている。登場人物の函館弁が丁寧に拾われているのも、特徴に数えていい。「はんかくさい女」という方言のタイトルも、そうした地元重視の姿勢のあらわれなのだろう。

この「はんかくさい女」から現実の三事件へ、なにか投影できるもの、そこから柚木しおりが小説のヒントをつかんだかもしれないものはあるだろうか、と俊介は考え込んだが、なにも思い当たらなかった。三事件の被害者のうち、メガネをかけていたのは弓島敦夫だが、かけたまま死んでいたし、関係者の中に、最近スーパー北斗そのほかの特急に乗った者もいなかった。

3

俊介が次に読んだしおりの書き物は、小説ではなく、第一作「神さまのおくりもの」が

「夏樹静子賞」を受賞した記念に、雑誌に発表された「一ミリの自由」というタイトルのエッセイだった。その中でしおりは自分の推理小説の流儀を手短に述べ、そこで方言――つまり、函館弁――への愛着についても語っている。

自分はミステリー小説を、気のむくままに、一般の小説と一緒に読んできたが、いざミステリー作家という立場に立つと、ミステリーというジャンルの特徴について、先人たちが残してきた考察や提言なども、折々に読むようになった。まだ数は少ないが、そこではたいてい、ミステリーは現実には起こりえない、奇抜なトリックや特殊状況を利用するのだから、現実的であることを重視した写実派の小説すなわち「リアリズム小説」ではなく、一種の「幻想小説」なのだ、といった議論がおこなわれている。最近ではしばしば、SF的な状況のもとで不可能犯罪の解明が試みられているのも、そうした「幻想小説」としてのミステリーの進化を告げているのかもしれない。

理屈の上ではそのとおりなのだろうが、小説は小説である以上、人生を映すものだから、理屈どおりにはいかないのではないか、とも思う。トリックがありながらも、いかにも現実らしい写実を重んじることは、昔からおこなわれてきたし、むしろ昔はそちらが主流だったのではないだろうか。私が好んで読んできた鮎川哲也や夏樹静子といった作家たちも、幻想小説を目指していたとは思えないのである。むしろミステリーでない普通の小説と地続きに繋がることを、かれらは目指していたのではないだろうか。

もともと私は、ミステリー作家としての才能に、あまり恵まれていないのかもしれない。というのも、トリックや不可能犯罪を考えることは嫌いではないのだが、その中心部分に、自分が体験したことをふくめ、どこかに現実らしい生活感が漂っていないと、うまくアイデアを立ち上げることができないのだ。幻想の空中楼閣は私には向いていない。

私のような写実重視派は、ミステリー以外の作家であれば珍しくなくて、昔も今も多数を占めるだろうが、ミステリーとなるとやはり現実や写実が足かせになって、結果的につまらない、奇抜さが足りない、ひいてはなにも考えつかない、ということになりそうで、私としてはデビュー当初から不安でいっぱいである。

ミステリー作品は、ただでさえトリックの新鮮さとか、読者に対するフェアプレイとか、重い荷物を背負っているのに、そのうえできるだけ現実に近づけて、生活感のある物語を構築せよ、などという命令があったのでは、がんじがらめで何もできないではないか、そもそもそんな矛盾した命令は不可能なのではないか、というのが「幻想小説」派の論点なのだろう。それはたしかに言われるとおりだと思うが、だが逆に、どんなにがんじがらめでも、そこに一ミリの自由があれば、人間は動き出し、想像はふくらむのではないだろうか。縄でぐるぐる巻きにされても、生きている人間は生きているとわかる。それと同じではないだろうか。私にとって不可能犯罪とは、トリックがあるのに生活感があり、自然に読める犯罪物語、ということにどうやらなりそうだ、と柚木しおりは自説を述べる。

とりわけ方言の問題は、写実の問題の一環として、私は大切であると思っている。北海道の中でも特に方言の強い函館地域の出身であるせいか、函館を舞台にして人物たちに函館弁をしゃべらせる設定が、私にはいちばん自然である。函館弁がないと、函館を描いている気がしない、と言ってもいい。関西弁ならともかく、全国の読者に通用しにくい函館弁を多用することは、とても賢明な策とは思えないし、親切な編集者に注意されたこともあるのだが、私はそれしか知らないからしかたがないのである。生まれた場所の価値は平等だと思いたい。

それでも近ごろのミステリーでは、方言を堂々と無視するほうが主流のようで、私としてはやはり取り残された感がある。これも現実に頓着しない「幻想小説」派隆盛の成果なのかもしれない。幻想の物語は標準語、というか現実には誰も話さない言葉でかまわないわけだ。

とくにテレビドラマになると、方言の無視がはなはだしい。実際の発音が難しいから無理もないが、昔なら、脚本にも役者の台詞《せりふ》まわしにも、なんとか努力の痕跡ぐらいは見出《みいだ》すことができた。それが今では、方言といったまだるっこしい写実にこだわるのは時代遅れだ、という感じになっているらしい。そもそもテレビなどの影響で、各地の方言はだんだんすたれ、消えかかっているという声も聞く。そんな中であえて方言を守ろうとするのは、昭和世代の保守的な懐旧感覚以外の何ものでもないのかもしれない。

幻想小説に分類されていいのなら、現地の人の言葉をそのままなぞる必要もない。そう割り切ってしまえばいいのかもしれないが、私にはどうも、それがさびしい。というより、困ったことに、標準語では函館の人々が生き生きと立ち上がってこないのである。それどころか、人間ではない作り物に見えてしまうのである。

そんな困った感覚にすがりながら、これからも地道にミステリーを書いていけたら、と私はムシのいいことを考えている。どの程度現代の読者に受け入れられるか、まったく自信はないが、鮎川哲也や夏樹静子の伝統につらなる作を、一つでも二つでも残したいと念願している。――しおりのエッセイはだいたいそんな内容だった。

柚木しおりが「写実派」の作家で、「中心部分に、自分が体験したことをふくめ、どこかに現実らしい生活感が漂っていないと、うまくアイデアを立ち上げることができない」と書いているくだりには、俊介もこだわってみたい気持ちが動いた。だが、腕を組んで考え込んだものの、現実の弓島敦夫、大久保登美子、さらには犯人がすでに逮捕されている松崎正志の事件と比べてみても、共通点は思い当たらなかった――たしかにかれらは自然な函館弁を話していたようだ、という点は別として。

4

今春、書き下ろし長編小説として出版されたのが、第三作『立待岬の鷗が見ていた』だ。鷗が波に浮かぶ夕闇を背景に、柚木しおり自身の横顔のポートレイトが大きく表紙を飾っている。はじめはモデルを使ったのかと思うが、表紙をめくるともう一枚、著者近影とキャプションがつけられた、同じ美人の別の写真が載っていて驚く、そういう仕掛けになっている。俊介はまだ実物に会ったことがないが、なるほどくっきりした顔立ちが従姉の葉子ママに似ている感じもする。

立待岬の断崖を見下ろす函館山の中腹に、山小屋風の別荘が建っている（実際にはあのあたりは斜面が急で、そんな別荘は不可能だと思われるが）。十月の雨あがりの夜、その別荘で殺人事件が起きる。ぬかるみの足跡から見て、外部への往還は不可能なので、犯人は別荘に同宿した四名の中にいると断定され、取り調べが始まる。

被害者は野本光枝《のもとみつえ》二十七歳、株式会社近藤《こんどう》商事のＯＬだった。近藤商事は社員十数名の小さな会社だが、道南地域で地産地消を看板にしたスーパーマーケット四店舗を経営している。別荘は社長近藤亮平《りょうへい》の所有である。この日は半期決算が済んだ慰労会の二次会で、第一陣として近藤社長と若い部下たちが、九時過ぎに別荘にマイクロバスでやってきたところだった。あらためてワインで乾杯したとき、リヴィングに居合わせたのは亮平と妻の志麻子《しまこ》、社員で志麻子の兄である青木哲也《あおきてつや》、野本光枝、それに取引先の沼田《ぬまた》ベーカリーの沼田愛理《あいり》だった。運転手役の青木は一次会ではアルコールを飲まなかったが、ここから先は全員泊まりがけなので、遠慮せずにグラスを受け取った。

近藤社長の乾杯の発声で、ほとんど同時に全員がワインのグラスに口をつけたが、ゴクリと飲み込んだのは野本光枝が一番早かったらしく、すぐにグラスが手から落ちて割れ、光枝はうめきながら喉を押さえ、ワインと唾液の混合物を口から吐いてその場に倒れた。同時にワインを口にした者たちは、一瞬なりとも遅れたのが幸いして、目の前の光枝の反応に驚愕し、口に含んだものを床に吐きだした。それでもいくらかは喉を通してしまったのが、一次会で酒を控えていた青木哲也だった。ワインをまったく口にしなかったのは近藤亮平社長だが、そうなったのは偶然で、いつもならワインに目がない亮平が、乾杯と言うやいなや一杯目を飲み干すところだったのに、今夜に限っては乾杯の声と同時にポケットの携帯電話が振動しはじめたので、グラスを置いて電話に出ようとしたのだった。亮平はその電話——遅れて二次会に駆けつける社員からだった——をすぐ切って救急車と警察に電話をかけた。

救急車は、倒れて起き上がれない野本光枝と、水を大量に飲んではトイレで嘔吐を繰り返していた青木哲也を乗せて救急病院に向かったが、光枝はやがて死亡した。哲也は胃洗浄を受けて一命を取り留めた。

農薬の粉末と見られる毒物が、ワインのデカンタに直接混入され、そこから各グラスにそそがれたワインは、すべて同濃度の毒物に汚染されていることが明らかになった。ということは、犯人は自分だけワインに口をつけないで、残る全員を皆殺しにしようとしたのだろうか。

このワインは亮平が持参したポルトガル産で、いつもの習慣どおり亮平が別荘に着くとすぐに栓を抜き、次に沼田愛理が用意のデカンタに移し、スナック類や灰皿、それに暖房の用意がととのって一同が席に落ち着くまで、二十分ほどキッチンに放置しておいたという。その結果、できるだけ正確に一同の記憶をたどっても、亮平の妻志麻子を除く全員に、こっそり農薬を混ぜるチャンスがあったらしい。志麻子だけは別荘に着くなり二階の自室に閉じこもり、ワインの支度がすんで愛理が迎えに行くまで降りてこなかったということだった。

やがて台所の棚の隅から、塩の壺に入った農薬の粉末が見つかった。函館市内で簡単に手に入る市販品で、現に近藤商事経営のスーパーマーケットの一部でも扱われていたので、こちらからの真相解明は難航が予想された。

亮平の別荘への道は途中から一本道で、雨後のぬかるみがひどいため、事件関係者を乗せたマイクロバス以外に、別荘に出入りした車や人は皆無だったという状況はタイヤ痕から確実だった。そこで五人のうち被害者野本光枝を除いた四名の中に犯人がいるはずだ、という認識が、捜査陣だけでなく関係者全員に共有されて、別荘はパニックにおちいった。

パニックは、捜査陣にとって、当面好都合な雰囲気を醸し出した。四人のうち誰かが犯人ならば、きっとあの人に違いない、といった訴えを含めて、ふだんなら外聞をはばかるだろうかれらの内部情報を、比較的容易に手にすることができるからだ。

近藤亮平は、妻の志麻子を疑っていた。志麻子とは離婚話が持ち上がっている。実家からの借金を返して慰謝料を上乗せしてくれるなら、いつでも離婚に応じると志麻子は言いながら、感情の波が激しいのでしばしば不機嫌になる。とりわけ社員の野本光枝が自分の新しい愛人であることを知ってからは、光枝に当たったり、ふてくされたりすることも多い。きょうもこっちへ着くなり部屋に閉じこもったのは、自分と光枝に対するあてつけである。だから光枝を殺したのは、妻の志麻子だと思わざるをえない。

部屋に閉じこもっていた志麻子に毒を入れるチャンスがなかったとすれば、だれかが志麻子に頼まれたのではないか。頼んだ相手は、志麻子の実兄である青木哲也かもしれないし、このところ志麻子が親しくしている沼田愛理だったかもしれない。この際だから言ってしまうと、沼田愛理は一時自分と関係を持ったが、おたがい納得して三年前に別れた。にもかかわらず、自分が野本光枝と親しくなると、光枝に無言電話をかけたり、光枝の件を志麻子に言いつけたり、妨害ばかりして困っている。だから、ひょっとして犯人は愛理かもしれない。

犯人の狙いは、じつはまず一番に自分だったのではないかとも思っている、と近藤亮平は憮然として語った。自分は乾杯すると、真っ先にワインを飲み干す癖があるので、そこを狙われたのだと思う。ところが今夜は、たまたま「乾杯」と言ったとたんに電話が来たので、口をつけずにグラスを置いて電話に出たため、災難をまぬがれた。犯人はもしかすると自分と光枝の両方を狙っていたのかもしれない。犯人が志麻子の一味だとすれば、その点も納得がいく。志麻子が兄の青木哲也や友達の沼田愛理と示し合わせて、乾杯のあとワインを飲むのを一拍だけ躊躇すれば、何も知らない自分たちが飲んで絶命することを十分期待できた。しかも、青木と沼田愛理はこのごろ親しくしているという社内の噂もある。

乾杯の前、亮平は光枝とリヴィングの奥にいて、プレーヤーで流す音楽を選んでおり、二人ともデカンタの置いてあるキッチンには近づかなかった、と亮平は証言した。函館出身のバンドを集めたCDがある、と亮平が言うと、そんなのダサイ、と光枝は笑って、昔の映画音楽はないのかとあちこち見て回っていた。

近藤亮平は概略このように述べ、敵（妻の志麻子、妻の兄青木哲也、妻の友人沼田愛理）と味方（被害者野本光枝）をはっきり色分けしてみせたが、志麻子の見方はかなり異なっていた。亮平とのあいだに離婚話が出ていたことは間違いない。それはむしろ、亮平の女グセの悪さに愛想をつかした自分のほうから言い出したことだ。ところが亮平は飽きっぽい性格なので、今は野本光枝との仲が盛り上がっているから離婚したいような口ぶりだが、やがては自分のところへ戻ってくるだろうと容易に予想できる。一つには三年前の愛人沼田愛理のときもそうだったからだし、亮平が今の会社を立ち上げるときに自分から親の遺産だった三千万円を借り出して、その借金がまだ生きているので、離婚の話にはかならずそれがつきまとうことになるのを亮平は知っているからだ。

沼田愛理のほうは、不倫の過去を反省し、心を入れ替えて自分のために尽くしたいと言ってくれるので、今では昔と同じいい友人であり、亮平の問題の相談相手でもある、と志麻子は言った。愛理のところで作るケーキ類は評判がいいので、引き続き各店舗で仕入れさせている。愛理はこのところ亮平と野本光枝の仲があやしいと狙いをつけ、折りに触れて自分に報告を入れてくれていたので、二人のことは見当がついていた。きょうもわざわざ光枝に用事を言いつけて、一晩別荘に泊めるような話むきになったので、私は不愉快だから二次会には出ないつもりで部屋に引きこもっていたが、愛理が呼びにきて、きょうはみんなもいるから、さすがにはしたないことはしないでしょうと言うので、しぶしぶ降りてきて乾杯に加わった。

被害者を除き、事件発生の時点で別荘にいた残りの二人は、志麻子の友人の沼田愛理と志麻子の兄の青木哲也だった。愛理と哲也はワインやグラス、スナック類を準備したあと、立待岬を見下ろす大きな窓のそばに寄って、二人で話をしていたという。

沼田愛理は高校時代から青木志麻子、のちの近藤志麻子と友人であり、愛理がベーカリーショップを始めてからは近藤商事の店舗が一番の得意先だった。愛理は独身で、店に命をかけている口ぶりだった。五年前にふとした機会から、近藤商事の店舗内に出店する欲得もあいまって近藤亮平と間違いをおかしたが、亮平より先に自分が平常心を取り戻して関係を清算し、そのことが志麻子に知られると、泣いて許しを乞うて志麻子との仲を修復した。今では自分は、亮平が別の女に熱心になっても、なんとも思わないしうらやましくもない。亮平は度しがたい浮気性なので、いずれは野本光枝にも飽きて別れるだろうと思っていた。光枝に無言電話をかけたことは一度もない、と愛理は断言した。

青木哲也は十六歳で家出をして東京や静岡で働いていた男で、死んだ両親の墓参りに故郷の知内《しりうち》(函館から車で西へ二時間の港町)へ帰り、ついでに函館で妹の志麻子に会ってみると、妹は怒るどころかなにかと心配してくれて、なかば運転手のような立場だが近藤商事で雇ってくれるように話をつけてもくれたので、好意に甘えて去年から函館で暮らしている、と語った。自分から見ると亮平は、たしかに女グセは悪いが商売の才覚はありそうなので、妹の志麻子もそこを見越して多少のことは我慢しているのではないだろうか。

ワインのボトルのコルクは亮平がオープナーを使って上手にあけ、自分と沼田愛理がデカンタとグラス、チーズやスナック類を用意してキッチンのテーブルに並べた。それから二十分ぐらい、キッチンを離れて窓際に行ったので、だれがキッチンに出入りしたかは目撃していない。窓辺のソファでは沼田愛理と他愛ない話をしていた。「おなかがすいた人はいないかな」と沼田愛理が言うので、「いないだろう、一次会で鶏の唐揚げをさんざん食べたから」と答えたりしていた。それから窓の外に鷗が見えたので、「こんな夜中でも鷗が来るのかい」などと話していただけだ。愛理とは最近親しくしている。結婚する話までは出ていないが、社長夫妻はくりかえし勧めてくる。愛理がいわゆる社長の「お手つき」であることは妹の志麻子から聞いて知っているが、それはあまり気にならない。むしろ雇ってもらったお礼に、社長夫妻を喜ばせたほうがいいのだろうかと思っている。

その後、被害者の野本光枝が妊娠三か月だったことが判明すると、近藤亮平への疑惑が一挙に強まった。一緒に殺された胎児の血液型は亮平が父親であることを示し、DNA鑑定をするまでもなく、亮平は自分が父親だろうと素直に認めた。妊娠の事実は光枝から知らされていなかった、と亮平は言い張ったが、その点は刑事たちにとって疑わしかった。妊娠三か月といえば、妊娠が判明する時期を過ぎて一と月たっている。出産の意志がある場合にはもちろん、ない場合でも中絶にはまとまった金が要るのだから、相手の男に事実を告げるのが普通ではないか。亮平はそろそろ別れようと思っていた矢先に妊娠を告げられ、光枝が邪魔になったのではないか。とくに光枝が子供を産むと言い張った場合には——。刑事たちは亮平を責め立てたが、亮平は顔を赤くして知らなかった、自分はなにもしていない、と主張しつづけた。

亮平が敵と見なした妻の志麻子の動機は、刑事たちには弱いように思われた。沼田愛理との一件を水に流した志麻子にとって、最終的に亮平が自分のところへ戻ってきさえすれば、浮気の沙汰を騒ぎ立てないだけの覚悟だか器量だか、志麻子には備わっているらしい。自分からの貸し金の問題もある。だとすれば、正式な離婚ならともかく、ここで夫を殺して貸した金を取りはぐれる真似はしないだろう。

それとも実際には、亮平は本気で志麻子と別れ、野本光枝と再婚するつもりだったのだろうか。野本光枝の妊娠を、亮平より先に志麻子が知った場合はどうなのか。捜査陣はいろいろな可能性を考えては関係者たちに突きつけたが、光枝と一緒になる覚悟も貯金も亮平にあったとは思えなかったし、亮平と光枝を観察してきた沼田愛理も、そこまで心配していたわけではなかった。そうなると、志麻子の側は当面静観するほかなさそうだし、兄の青木哲也や友人の沼田愛理に殺人を手伝わせる理由もなさそうだった。

あとから駆けつけた近藤商事の社員の中には、野本光枝に最近プロポーズしてふられた男もふくまれていたが、その男が光枝を除いた先着四名の誰かと通じていたのか——そうでなければ農薬の混入は不可能——となると、皆目見当がつかなかった。

こうして事件が膠着状態におちいりかけたころ、函館南《みなみ》警察署に名探偵が登場する。柚木しおりが最初の長編小説で描き出した名探偵は、定年退官したのちも好奇心から事件に首を突っ込む六十八歳の元巡査部長だ。息子のように育てた主人公の警部補の後をついて、ぶらぶらと事件現場を歩き回り、関係者たちの話を、口をはさまずに立ち聞きする。主人公の警部補は最初、老人の闖入《ちんにゅう》をわずらわしく思うが、なにかの役に立たないとも限らない、と考え直して随行を認める。周囲の刑事たちも、にこにこして何も言わない。

この小説の登場人物はみな函館の居住者ではあるが、だいたい中年以下なので、語尾や短いやりとりを除いて、昔ながらの函館弁が展開することはほとんどない。それを一手に引き受けるのが、この元巡査部長だ。「ジデンシャ、下さ投げできたで。サガ登るのにはア、こえくてこえくて」などと言って笑う。

事情聴取が行き詰まってきたところへ、元巡査部長が警部補にささやいたのは、近藤志麻子と青木哲也が兄妹だというのは信用できないから、調べなおしたほうがいいのではないか、という意外な角度からの指摘だった。二人の両親はすでに他界している。そこで警部補が半信半疑のまま、部下を使って兄妹の昔を知っている知内町の親類を訪ねたり、兄妹が卒業した中学校の当時の担任を捜し出したり、しまいには知内町の歯医者に出かけて哲也の古い治療の記録を手に入れたりしてみると、哲也が実際に志麻子の兄として育った男とは別人であることが次第に決定的になる。

哲也が実の兄かどうか妹の志麻子が知らないはずはないから、それを黙っているということは、志麻子と哲也のあいだに秘密の関係があるに違いない。二人が相思相愛で、志麻子の夫の亮平が邪魔になったことも考えられる。ということは、二階に籠もった志麻子に代わって、哲也が亮平を殺すために人目を盗んでデカンタに農薬を入れたのではないか。亮平は乾杯のあとすぐにグラスを飲み干す癖があるから、それを狙ったのだろう。ところが実際には、乾杯の瞬間に亮平の携帯電話が鳴ったために、亮平はグラスをいったんテーブルに置き、何も知らない野本光枝が犠牲になった――そんな推測がおのずとなされた。哲也自身は、嫌疑を免れるために少量のワインを飲んだが、毒物の濃度が意外に高かったため、一時あわてる羽目におちいったのだろう。

長らく家出していた哲也が帰郷して、志麻子の前に姿を現したのは一年半ほど前だ。その後現在に至るまで、志麻子も哲也も、本物の哲也が帰ってきたらどうしようとうろたえる様子はなかったから、哲也はすでにどこかで死んでいるのかもしれない。哲也の名を騙《かた》った目の前の男が本物の哲也を殺したのだとすれば、その点を疑いもせずに志麻子が男を信用し、しかも兄として受け入れるという展開は不自然なので、志麻子は久しく会わなかった兄がどこかで死んだと知らされ、そのころちょうど目の前に現れた男と恋仲になり、夫に隠れて交際をつづけるために、兄の哲也だと言いくるめたのではないか。

そこでまず志麻子だけを呼び、本物の哲也の歯の治療についての資料を見せて刑事たちが迫ると、志麻子はあっさりすべてを自供した。兄の哲也を騙っていた男の本名は杉本幸二《すぎもとこうじ》、哲也と一歳違いの親友だった。二人は静岡市内で、同じ廃品処理工場のアルバイトとして働いていたが、哲也はたまたま出向いた建物の解体工事現場で鉄材の落下事故に遭い、内臓破裂で二日後に死亡した。事故の直後に哲也は、「おれの貯金通帳を函館の妹に届けてくれ」と杉本幸二に依頼した。それが哲也の最後の言葉だった。事故のことは地元の新聞にも小さく出たし、テレビ局のカメラも来ていたが、函館では報道されなかったらしい。

工場の社長が労災には加入していない、アルバイト社員なので退職金も出せないと詫びを言いながら、それでも簡単な葬儀を取り仕切ってくれて、五日後にすべてがすむと、幸二に三十万円の現金と哲也の死亡届が、「すまんがきみから哲也の実家に届けてくれ」と託された。帰ってきたら、喜んでまたきみを雇うから、と社長はにこにこ顔でつけ加えた。

幸二は哲也が北海道の知内町という聞いたこともない土地の出身だということ以外、なにも聞かされていなかった。会社に出した履歴書の住所にも本籍地の記載はなく、どうなることかと不安だったが、哲也のアパートで荷物を整理してみると、青木志麻子なる女から来た手紙、それから近藤志麻子と名字を変えた同一人物らしい手紙が何通か見つかり、それが妹だということがわかった。最近の手紙は二年前の日付で、母親が病気で死んだことを伝えたのに対して、哲也がどうやら十万円の香典を送ったことへの礼が書かれていた。哲也の貯金通帳には八百万円の残高があった。

幸二は現金と通帳と死亡届、それに哲也の遺骨を持って、近藤志麻子の手紙の住所を訪れた。函館市日吉《ひよし》町、幸二もどこかで耳にした覚えのある有名私立高校の近くだった。その日亮平は帰宅が遅く、志麻子は幸二とリヴィングで対面した。兄の近況を伝えてくれる人のせいか、幸二が兄の面影をどこか宿しているように見えて志麻子は驚いたが、幸二の持参した品々は志麻子をさらに仰天させた。兄の突然の死、残された金額の多さ、それを幸二が持ってきてくれた誠実さ、それらのものが一度に襲ったショックから志麻子は混乱し、翌日別の場所——函館駅前のホテルのロビー——で会うことを提案して、その日は遺骨だけ受け取って幸二を帰らせた。

志麻子がとっさに懸念したのは、日ごろ会社の金に困っている亮平が、合計一千万近い金を放っておくはずがないということだった。それだけは許さないと志麻子は決意した。かけがえのない兄のお金に、手をつけさせることがあってはならない。遺骨その他を押入れの奥に隠し、翌日幸二にもう一度会った志麻子は、事情を話し、杉本さんのご親切に対して、十分なお礼もできないし、いきなり大金を見せられてはかえって困る面もある。だから兄の貯金通帳は形見として、たしかに自分が預かるが、わざわざ函館まで来てくれた杉本さんに、お礼をしないわけにはいかない。いずれゆっくり考えさせてもらうとして、とりあえず会社から出た見舞金は、杉本さんが収めてくれないだろうか、と申し出た。幸二ははじめ笑って相手にしなかったが、自分にとっても、それがいちばんありがたいのです、と何度も言って志麻子もゆずらなかった。

そんな押し問答を通じて、二人は身の上や経歴だけでなく、互いの正直な人柄を確かめあうことになった。幸二は茨城県の海ぞいの町の出身、両親と早くに死に別れた風来坊で、海が見える風景は落ち着くし、函館の訛《なま》りはどこか茨城に似ていてなつかしいと語った。結論が出ないまま志麻子が帰宅する時間となり、翌日にまた、もう一回だけ会う約束をすると、その会見の場所になったホテルの幸二の部屋で、二人は話すうちにどちらからともなく触れあい、肉体を求め合った。幸二に心から礼をしたいという気持ちも志麻子にはあった。夫との冷え切った関係も背後にはあった。兄が導いてくれたのだと言って志麻子は泣いた。

そうなってみると、幸二も志麻子との関係を断ち切りがたかった。ときどき志麻子に会えるなら、もうしばらく函館に滞在してもいいと言った。哲也の思い出をいろいろ話すだけでもしばらくかかるだろう。それなら、いっそあなたが哲也兄さんだということにして、急に帰ってきたことにすればいいんじゃない？　と、幸二の腕の中で志麻子は突然言い出した。もう親もいないし、もともと親戚づきあいはほとんどないから、生まれ故郷の知内を練り歩きでもしない限り、見とがめる人は函館界隈にはいやしない。もともとあなたは兄さんに、どことなく似てるんだし。うまくいかなそうだったら、またふらっと家出しちゃったようにして、消えてしまえばいいんでないの。死ぬまで哲也兄さんでいる必要もないんだから。そう思いついてみると、そのアイデアは二人にとって悪くないように思えた。

とりあえずそうしてみよう、ということになって、幸二は静岡に戻ってアパートを引き払い、工場の社長にだけ挨拶をして、一週間後に函館に戻ると、志麻子と同じ日吉町内に部屋を借りた。五稜郭公園の桜が満開になった五月上旬ごろのことだ。そこへ志麻子は哲也の遺骨を運び込んで隠した。死亡届は出さないことにした。念のために、知内の家を畳んだときに残しておいた哲也の卒業アルバムその他の資料を、志麻子はどっさり持ってきて、これで哲也のことを勉強してほしいと幸二に言って笑った。

兄が不意に帰ってきたと亮平に話してみると、思いのほかすぐに結論が出た。近藤商事で雇ってやると亮平は言った。その代わり、志麻子から借りたままの借金の返済や亮平自身の素行については、多少目をつぶれというのが暗黙の条件だった。志麻子はその条件を呑んだ。これからは兄である哲也、すなわち幸二との関係が、志麻子にとって重要だったからだ。

そんな状況が一年つづき、志麻子も幸二も芝居に慣れて、二人の逢瀬を楽しみ、二人とも心の中で兄の哲也に手を合わせていた。ただ、幸二は仕事にも、志麻子との関係にも満足していたが、志麻子のほうは、亮平ばかりが自由にふるまって、なぜ自分がびくびくと、幸二との関係を秘密にしたまま我慢を重ねなければならないのか、だんだんわからなくなってきた。亮平の浮気を盾に取って離婚を申し立てようかと、何度か思い、口にしたこともあった。

そんな矢先、亮平が志麻子に、「哲也君って、記憶喪失かなんか、なったことあるのかい？」と言い出した。取引先に知内の出身者がいて、哲也も知内だと知っておおいに喜び、歳のころも同じなので昔の話をさかんにしかけたのだが、卒業した中学校の名前ぐらいは言えたものの、あとはほとんど覚えていないというので、しまいには客があきらめて、「どっかで頭でも打って記憶喪失でもかかったんでないべか」と言い残して帰ったという。志麻子は懸命に平静をよそおって、家出してるあいだにあちこち工事現場で働いてたから、頭ぶつけたくらいのことはあったかもわかんないねえ、と笑ってごまかした。だが、もう猶予はならない気持ちになっていた。幸二には会社の女の子などと適当に仲良くしてくれ、と言ってあったが、そんなカモフラージュではもう間に合わないだろうとも思えた。

迷ったのは幸二だった。いくら親しかったとはいえ、他人になりすます芝居などやはり長期間は通用しないのだ。このあたりが引き際だと心得て、函館を去るべきではないだろうか、と提案もしてみた。志麻子ははじめ泣くばかりだったが、涙の中から幸二を離したくない思いと、夫の亮平に対する復讐心がどうしても頭をもたげた。どうして幸二と自分は、こんな出会い方しかできなかったのか、しまいには神仏を恨む気持ちにさえなりながら幸二の腕にしがみついた。

とりあえず志麻子は、ふだん行かない郊外の園芸店へ行って農薬を買い、購入者名簿にはでたらめの住所氏名を書いた。あとは機会を待つばかりだと思っていると、社の慰労会があって二次会に別荘を使う予定であることがわかり、幸二に計画を話して自分は、さっさと二階に上がることにした。幸二は最後まで迷っていた……。

こうして山荘の殺人事件は無事に解決することになった。

それにしても、哲也と幸二の入れ替わりの秘密に、元巡査部長の老人はどうやって気がついたのだろうか。主人公の警部補がそこを尋ねると、

「したって哲也のしゃべるの聞いてたら、函館界隈の人間でねんでねえがと思わさるべさ」と老人はこともなげに答えた。

「え、そうですか？　けっこう地元っぽかったですけど……」

「いやいや、函館の人間はザンギのこと、鶏の唐揚げなんて言わないべさ。それに鷗コたまたま夜飛んでたからって、たまげることもなんもないべさ。知内で育ったんなら、なおさらだ。海の見えないとこなんか、あっこにはねえんだから」

「ああ、そう言えば……」

「したからおかしい、ちゅうのさ。あの男がワインに毒入れるの、テラスの窓から鷗コだぢ見でたんでないべか、したからじっぱり気に病んだんだべ、はっはっはっは」

第五章　ジャン・ピエールの検証

1

ジャン・ピエールに会うのは半年ぶりだが、あいかわらず軽快そうで、金髪によく似合うネイビーブルーのセーターにジーンズ姿だった。捜査資料――おもに現場写真のコピーだ――と俊介が三つの事件の概要を整理したワード文書は一週間前に送ってあったが、いくら五年前の事件であっても、やはり現場になった場所を見てみたいというので、まずは入舟町における弓島敦夫殺害事件の現場――というより現場跡地――に俊介が車で案内することになった。西署でこの事件を担当していた友人の秋田《あきた》警部補が、幸い同行してくれると言うので、まず秋田を誘ってから、ジャン・ピエールが居候している元町の神父館に向かった。秋田はジャン・ピエールの活躍は耳に入れていたが、年齢までは知らなかったらしく、会って若いのに驚き、十九歳と聞いて目を丸くした。

　車の中で二十分ぐらいかけて、俊介が弓島敦夫の殺害事件について説明し、秋田もときおり口をはさんだ。ジャン・ピエールは「はい」「はい」と言って聞いていたが、一段落したところで、なにか質問があるか尋ねると、

「犯人が九時五十分に、十字街の中華料理屋『ヤン衆飯店』にいる弓島に電話をかけたらしいんですよね。今どき公衆電話からかけてきたわけだから、たしかに犯人の可能性が高いと思います。で、犯人は、おそらくきょうのところは会えないから、帰ってくれと伝えた。そこで弓島はまもなく店を出て市電に乗ったと、そういう推測でしたよね」

「そうだけど」

「そうすると犯人は、まず八日の夜に『ヤン衆飯店』で弓島と待ち合わせるための連絡を、あらかじめ取っていたことになりますが、公衆電話からの着信は、八日の夜のほかには履歴に残っていないようですが」

「あ、それはね」と秋田は、ジャン・ピエールの質問にたじろいだように苦笑して、

「前日の七日の昼休みが終わったころ、弓島の会社に電話がかかってきたんだよ。これも公衆電話からだった」

「はい」

「そのとき事務の女の子がたまたまそばにいて、電話に出た弓島の台詞を断片的に聞いていたんだね。その子によると弓島は、だんだん声をひそめるようにしてしばらくしゃべって

たんだけど、そのうち〇八〇とかって、どうも自分の携帯の番号を教えたような感じで、数字を並べていったんだね。女の子に聞こえたのは、けっきょくそれだけだったんだけど」

「なるほど」とジャン・ピエール。

「弓島は『ヤン衆飯店』で、人待ち顔で長居してたわけだね？」と俊介。

「そうね。いつもと変わりない、テレビ眺めながら餃子食ってビール飲んでたそうだけど、ただ一ついつもと違ったところは、カウンターでなくてテーブル席についたって言うんだね」

「そうするとやっぱり待ち合わせだね。待ち合わせて、相手はわざと行かなかった」と俊介。

「それが考えられるわけさ。九時か十時には行くつもりだけど、行けなかったら電話するとか、あらかじめ言っておけば、さほど不自然な話でもないし」

「わかりました」

俊介は車を市電の終点「函館どつく前」——どういうわけか平がな書きだ——の脇でいったん停車させた。

五月の午後だが、人も車も通らない。ドックその他、仕事をしている工場や会社は近隣にいくつかあるはずだが、ここからはなんの動きも見えない。腰の曲がった老女が一人、よろよろ買い物カートを押しながら歩いていくだけだ。ただし買い物のできる商店などどこにあるのか、見当もつかない。

「当日の夜、弓島が歩いたと想定されるルートをたどって現場まで行ってみましょうか」

と秋田。

「お願いします」

「したら、おれ、運転するから」と秋田が言うので俊介は助手席に移った。

市電に背をむけ、函館山の西端を廻る道を選んでなだらかな坂道を登ると、廃校になった校舎が草むらに建ち、それから弥生町の寺院や墓地がつづいて、まもなく高龍寺《こうりゆうじ》正門に至る。このあたりから先は、崖の上と下と、海岸に沿って並行する道が二本あるきりだ。秋田がたどっていく崖上の道は、外国人墓地のあいだを抜けてますます狭くなる。廃屋、物置、赤い前かけの小さな地蔵の列などがつづく。やがて空き地があって、壊れた木柵の向こうは十メートルほど、ほぼ垂直に下る断崖になっているが、途中木がたくさん生えているのであまり不安感は抱かせない。

秋田は車を停めた。人通りはない。

ジャン・ピエールは車から降りて、黙って空き地の端まで歩き、木の葉に覆われた崖を覗き込んだ。俊介と秋田も降りてドアを閉めた。

崖のむこうは函館湾で、大小の船が春の陽射しに輝きながら浮かんでいる。海もキラキラ輝いている。はるか対岸には上磯町《かみいそちょう》の工場の煙突も見える。

「やはり待ち伏せするのには、ここがいいようですね」とジャン・ピエールは言って、戻ってきながら、

「遺体の発見を遅らせようと思ったら、ここから雪の中へ落とせばいいわけだ」と、まるで三月の積雪状態が目に見えているような言い方をする。

「余計な手間ほとんどないからね」と秋田が応じた。

「このあたり、目撃その他の情報なかったの」と俊介。

「だいぶやったけど、ダメだね。当日八日の夜十時四十五分ごろ、ここを通りかかった車があったんだけど、運転手はなにも見なかったそうだ。十時四十五分だと、市電を降りて十五分、弓島はまだ高龍寺の手前あたりを歩いていたんだろうな。犯人もまだ到着してなかったらしい。あとは九日の午前五時前に、この先で黒っぽい車とすれ違ったって証言が出てるけど、それが犯人の車だとすれば、ずいぶんゆっくりだったことになるよね。だから、どうも無関係だったんでないかって。もちろん、タイヤ痕は雪で消えてたしね」秋田は手帳も見ずにすらすらと答えた。

ジャン・ピエールはしばらく黙っていたが、

「弓島さんの実家は、この近くですか？」

秋田は指を差して、

「そこの黒い建物が空き家になった倉庫で、その向こう側が弓島の家だね」

「そうすると」ジャン・ピエールは道路の奥を覗いて、

「十メートルぐらい手前ですか」

「今、前通るよ。ここはUターンできないから、しばらく先まで走らないとなんないから」

「ちょっと気になるのは、凶器のバットに毛髪が四本も付着してるんですね。写真も残ってます。でも、当日は雪が降ってたから、弓島はコートのフードをかぶってたはずなんですが」

「そうだけど」と秋田。

北海道では雪の中で傘をさす人はあまりいない。フードつきコートを着て雪の中を歩き、屋内に入るときにフードから雪を払えばそれですむ。弓島も傘を持っていなかった。

「だとすると、犯人はフードの上からバットで殴りつけたはずですよね。でもそれだと、毛髪はバットに直接付くことはないでしょう？　フード部分の繊維が付くことはあったでしょうけど、その記載はありません」

「うん」

「解剖所見の頭蓋骨陥没の形状も、バットの幅その他とぴったり一致してるんですよね。フードは薄くても綿が入ってますから、フード越しに襲ったとすると、もうすこし陥没の幅が大きくなると思うんです。どうしてなんでしょうね」

「もう家が近いから、フードを外したところだったんじゃないかって、こっちでは言ってたんだけど」と秋田はやや苦し紛れの口調で答える。

「でもまだ十メートルあるし……」

「犯人がフードを引っ張ってはずして、そこへバットを打ち込んだのかな。一撃で倒せるように」と俊介は咄嗟の想像を言ってみた。

「フードをいきなり後ろへ引っ張ったら、弓島は反応したでしょうからね。側頭部にこんなにきれいにバットが当たったかどうか」

「なにか考えがある？」

「いや、まだわかりません。秋田さんがおっしゃるように、家が近いからたまたまフードを外したところだったのか、それとも、なにかの理由で最初からフードをかぶっていなかったのか。……たとえば、ここまで犯人に車で送られてきたとか」

「そうか」と俊介は言って秋田を見やると、なかなかやるな、という顔で小さくうなずいて、

「その可能性も、ないわけじゃないよね」

「フード自体の写真は、とくに内側がめちゃくちゃでよくわかりませんけど、いずれにしても、遺体はフードをかぶってましたから、フードなしで殴りつけたとすると、殺害して

からわざわざフードをかぶせたことになります。それはなんのためだったんでしょうね」

「……車で送ってきたことを見破られないため？」と俊介。

「そうかもしれません。だとすると犯人は、弓島の活動範囲の中にいる人でしょうかね。送ってくよ、と言えば弓島が気安く車に乗り込む人……」

「だけど弓島の活動範囲には、該当者らしき存在が見あたらないんだなあ」と秋田。

「あるいは、まだわからない別の理由で、あとからフードをかぶせたんでしょうかねえ」と言うと、ジャン・ピエールは腕組みをして目を細め、陽が照り返す函館湾をじっと見やった。

それからまた弓島の実家のほうを見やって、

「弓島さんのお母さんが、今あそこに住んでるんですか」

「いや、お母さん去年亡くなってね。今は誰も住んでないんでないかな」

「そうですか」

「じゃあ、ここはもういいかい」と秋田が言ってみんな車に乗り込む。

秋田は車をスタートさせ、すぐにまた停めた。右手の崖の際に小屋のようなトタン屋根の家が建って、玄関の戸に板が打ち付けてある。かつての弓島の住居だ。

「もう五年になるからねえ」と俊介はため息をつく。

ジャン・ピエールはその家にむかって、両手を合わせて祈るしぐさをした。すっかり日本人みたいだ。あるいはそれ以上かもしれない。

秋田はまた車を動かしながら、

「母親がまだ元気だったら、会ってみたかった？　なにか訊きたいことでもあったかい？」

「そうですね。お母さんやお父さんが、だれかに恨まれることがなかったかどうか……」

「親のたたりちゅうやつかい」と秋田は笑って、

「婆さんが元気なうちに、いちおう訊いてはみたんだけど、なんもなさそうだったなあ。兄弟もいないしねえ」

「そうですか」

「戦後しばらくして、恵山から出てきた一家らしいんだけど、オヤジさんはイカの加工場の手伝いみたいな仕事してて、わりあい早く亡くなったんだわ」

一本道はしばらくすると坂を下り、崖下の海岸道と合流した。そこがだいたい函館市の西南の行き止まりで、この先には道がなく、断崖が急角度で海に落ち込んでいる。俊介は若いころ、その断崖を近くに見ながら、イカ釣りボートに乗って入舟町から立待岬のほうへ函館山の南岸をぐるりと廻ったことがあるのを思い出した。七月か八月だった。山の緑と海の青さが目に焼きついている。

秋田は合流地で車を切り返し、今度は海岸道のほうを戻っていく。こちらも海と崖にはさまれた狭い一本道で、両側に庭のない家々がびっしり、トウモロコシの粒のように並んでいる。

「ほかになにか、気にかかることは？」と秋田は運転席からちらっとジャン・ピエールを振り返った。

「そうですね……」

このあたりに年老いた船大工の親方の家があって、一度訪ねてきたはずだが、と俊介は思って道筋を見ていたが、わからないうちに通り過ぎてしまった。たしか平石《ひらいし》という名字だった。もうその家もつぶれたのかもしれない。

「弓島は現金のほかに、カードや免許証も盗まれてたんですよね」とジャン・ピエール。

「そうだね」

「それらは全部、一緒の財布に入ってたんですか」

「現金とカードは一緒だね。免許証は別のケースに、市電の回数券やなんかと一緒に入れてたらしいんだ。だから回数券もなくなってるね」

「携帯電話に財布に免許証。ポケットの中身を全部さらっていったわけですか」

「そういうことだね」

「まさか、回数券目的の強盗じゃないだろうね」と俊介は冗談らしく言ってみたが、ジャン・ピエールは笑わず、腕を組んだだけだった。おれは頭が悪いな、と俊介が思わされるのはそんなときだ。

小型トラックとすれ違うときにやや難儀しただけで、秋田の車は海岸沿いの一本道をうまく抜けて、函館どつく電停前の船着き場に戻ってきた。このあたりは所轄管内なので慣れているのだろう。

「被害者の身許を隠す目的ではないでしょうね。自宅にあれだけ近い場所に遺棄したんだから」とジャン・ピエールは免許証の盗難にこだわっている。

「たまたま手に取ったものをかっぱらっただけなんじゃない？」と俊介。

「そうかもしれません」

「弓島の免許証の不正使用は発見されてないな。消費者金融その他、当たってみたけどね」と秋田。

車は電車通りを十字街の方向へ引き返していく。

「五年間捜査されて、弓島の交遊関係、会社、地元の近隣住民、そちらからはまったくトラブルは見つからなかったんですね？」

「そういうことだね」

「そうすると、弓島さんが死んで利益を得た人は、どうやら、離婚後もストーカー行為に悩んでいた元の奥さんだけだということになりますか」

「柚木しおりだね」と俊介。

「だけど、その元奥さんは東京にいたのさ。兄さんや親御さんがたにも、きちんとアリバイあったからね」

「信用できそうな人に、犯行を依頼したんじゃないですか」

「それも考えたよ。当時から知り合ってた、しおりの今の亭主は吉川新太って男だけど、こいつもアリバイがあるんだなあ。事件当日は京都にいてね」

「吉川は事件発生の二〇一三年に、すでにしおりと親密だったようなんだ」と俊介は言った。しおりの「神さまのおくりもの」を読んだとき、ストーカー被害者が恋人に犯行を依頼する可能性を考えたくなったのを思い出したからだ。

「京都のアリバイ、なんとか崩せそうだったら、いっぺん京都に行ってもいいと思ってるんだ」

「え、行くならおれが行くけどさ」と言って秋田もジャン・ピエールの顔をバックミラーに覗き込む。

「いやあ、この記録が間違いでなければ、アリバイは成立ですよねえ」とジャン・ピエールは苦笑して、

「今のところ、もうちょっとほかを考えてみたいです」

「そうか。だけど、ほかに男の影はなさそうだったなあ。高額の現金引き出しはないし、暴力団関係のつきあいもない。東京まで行って、しばらく尾行もしてみたけど、勤め先も

わりあい健全なところでね。吉川とそのまま結婚したくらいだから、まあ怪しい影はなかったねえ」秋田の話は淡々と苦労をにじませた。

「『はまなす』の葉子ママにも、当日のアリバイはあるんですか」とジャン・ピエールは角度を変えた。

「ああ、あるよ。葉子ママも、家族を除くと函館で一番親しい間柄だから、いちおう調べたんだ。当日は七時ごろから店に出てる。ちなみに松崎正志って、あとの事件に出てくる男も十時過ぎに客として『はまなす』に来て、十二時までいた。二人とも、ほかのホステスや客から証言が得られてて問題ないね」

「松崎って人も、しおりさんと親しかったんですか？」

「いや、顔見知り程度のはずだけど、ついでに調べたのさ。ほら、第二、第三の事件が起きたからね。とにかく葉子ママの周辺に、しおりが犯行を依頼した可能性はないなあ」

秋田の車は十字街の電車軌道の分かれ道を宝来町の方向へ曲がって、すぐにまた右へはいった。「ヤン衆飯店」の黄色に赤の看板が見えたが、時間が早いので店はまだ開いていない。戸の横には「餃子お持ち帰り午前一時まで」と書かれたサインもあって、注文客が店に入らなくてもいいように専用の窓口がついている。餃子が自慢の店らしい。

ジャン・ピエールは五年前の雪の夜の風景を幻視するかのように、じっと店の入口を見つめていた。店は左右も裏も駐車場に囲まれている。というより、大きな駐車場の中央部分に仮設の居酒屋を建てた塩梅なのだが、もう何年もそのままになっている。開発が進まないのだ。北海道新幹線の朗報も、ここまでは効果が波及しなかったようだ。

「あの店を出たとたん、まだフードをかぶらないうちに襲われたとすると、いちおう説明はつくんですけど」とジャン・ピエール。まだフードの問題にこだわっているらしい。

「それはないなあ。ちょうど弓島と入れ違いにあの店に来た客があってね。弓島とすれ違ったのを覚えてたんだけど、弓島はしっかりフードをかぶって、すたすた歩いていったっていうんだよ。電停のほうに」

「そうですか」とジャン・ピエール。がっかりした口調でもなかった。

「そこまで調べていただいてよかったです」

店と十字街の電停とのあいだは五十メートルほどだろうか。半分シャッターは降りているが一応商店街だ。電停の先に新しく建ったホテルと、函館名物「ラッキーピエロ」が見えている。ジャン・ピエールはそちらを見やりながら、また口をきゅっと結んで考え込むような表情になった。

「そうすると、フードの件はやっぱり謎だなあ」と俊介は言ったが、ジャン・ピエールは小さくうなずいただけだった。

「降りてみますか」と秋田が気を遣って言った。ジャン・ピエールはちょっと首をひねって、

「いや」とだけ答えた。

「さすがの名探偵も、これだけの情報じゃなにも出てきませんか」と秋田。

「すみません」

「やっぱり、第二、第三の事件との関連に、一縷《いちる》の望みをかけるしかないってことかなあ」と俊介が言うと、秋田はハンドルを手でパンとたたいて、

「一縷って、少ないってこと？　だよね？　そうか……」

だが俊介は、勝負はまだ先だと思っていた。

2

大久保登美子の事件と松崎正志の事件をジャン・ピエールに説明したのは、入舟町で弓島敦夫の殺害現場を見た翌々日だった。俊介の胸中は、犯人を検挙できていない重苦しさの中に、ひょっとしてもうすぐそこから解放されるかもしれない、という炭酸のような希望がふつふつ湧いていた。湧くな、と言っても湧いてきた。

二時間ほどかけて、書類を見せながらひと通り説明したあと、ジャン・ピエールを車に乗せて大久保邸に向かう。邸はけっきょく、息子の隼人の意向で大久保不動産に安く売られ、会社で新しく温泉を引いて保養施設として転売していた。玄関の扉は立派になったが、

そのほかの間取りにはほとんど変化がなかった。

旧大久保邸近くで駐車場を探していると、犯人の足跡の起点と終点になった駐車場が元のままで、しかもあいかわらず空いているので、そこにしばらく入れさせてもらうことにした。

俊介がここへ来たのは三年ぶりだろうか。「漁り火通り」と呼ばれる南北の大通りから一本海側に外れた、湯ノ川の温泉旅館街の目抜き通りのつづきの道路で、駐車場の先にはアーケードのついた地元商店街があり、十軒たらず店が並んでいる。旧大久保邸はこの道を商店街とは反対側へ五十メートル戻ったあたりだ。

ジャン・ピエールはさっそくファイルに綴《と》じた資料や写真をめくって、当時の足跡の写真を点検した。

「たしかに、足跡の重なり具合から判断すると、犯人はこの駐車場に車を停めて、そこから徒歩で大久保邸へ往復したように見えますね。大久保邸の中にいた人が後ろ向きに歩いて駐車場まで行って、また後ろ向きに歩いて戻ったようには見えません」

「ははは、そうだよね」

「ともかく足跡はこの駐車場から始まって、ここへ戻って終わってますね。駐車場の中にも足跡がすこしあります。でもこの写真を見ると、帰り道に舗道の左端を歩いてきた足跡は、駐車場の脇まで来て、ちょっと立ち止まるように歩幅を狭めてますね。ちょうどここいらに路上駐車していた車が右側にあって、その車に乗り込んだ可能性もあるんじゃないですか？　駐車場の中の足跡は、犯行前につけたもの、それともただのごまかしだったとは考えられませんか？」

俊介はジャン・ピエールが鋭い質問を発してくれることを歓迎した。それは興味の反映だろうからだ。

「路上駐車のことは考えないでもなかったけど、いろんな理由でありえない、って結論になってるね。一番大きい理由は、一時十五分ごろと、一時四十分ごろに、この通りを通行した車両が見つかっててね。その二台の運転者によれば、大久保邸とこの駐車場のあいだに、道路をふさぐかたちで駐車した車はなかったちゅうんだ。犯行は雪がやんだ午前一時半ごろから、解剖所見の下限の時刻、午前二時ごろまでのあいだだろうから、一時十五分と四十分、どちらもこのあたりの路上に駐車してないとなると、路上駐車した可能性はほぼゼロちゅうことになるしょう。邸への往復、ロープの準備、それから様子をうかがって二階にあがっての犯行、帰りは窓からの逃走と、これを十分や二十分でやってのけるのはまず不可能だからね」

「はあ、なるほど」

「一時四十分ごろの運転者は、大久保邸をはさんで反対側、五十メートルぐらい温泉街寄りの位置に、たしか車が一台停まってたって言うんだけど、足跡はそっちへ向かってないから、それは無関係だよね。だからやっぱり、犯人の車は駐車場にはいったんでないかと。そのほうが、同じ足跡が駐車場の中から発見された事実にもうまく合うしょう」

「だとすると、犯人の車は、駐車場を出てから道路に入るまでのあいだ、距離にすれば三メートルか五メートルかでしょうけど、カーブしながらかならず雪の上を走ったはずですよね。直接道路に平行移動することはできないんだから」

「そりゃそうだけど――」俊介はジャン・ピエールの言いたいことに見当がついた。

「その車のタイヤ痕から、多少時間かかっても、車の持ち主が特定されてもいいはずだって、こういうことかい？」

「はい。日本の警察の粘り強さから判断するとね」ジャン・ピエールはメガネの奥でウインクする。

「その期待に、応えたいんだけどさ」と俊介は苦笑を返して、捜査本部がタイヤ痕の捜査にあけくれた経緯をあらためて振り返ることにした。

事件が発覚した三月二十三日午前十時の時点で、駐車場の屋根を外れた雪の上に残されたタイヤ痕は五種類、軽トラック一台、普通車二台にコンパクトカー二台だった。業界で「トレッド幅」と呼ばれる前輪と後輪それぞれのタイヤ間の距離から見て、合計十種類が可能性のある車種として特定され、捜査本部はさっそく、それらと駐車場の契約車との照合を急いだ。すぐ片がついたのが四台、いずれも二十三日朝に仕事のために出ていった車で、持ち主は大久保不動産とも関係者のだれとも無関係だった。中に一人、大久保登美子と顔見知りの者がいたが、挨拶程度しかしたことがないというそば屋の爺さんだった。

最後にコンパクトカーが一台残った。この車が出ていった駐車場の区画は、契約者がいなかった。入庫のタイヤ痕は見つからなかったし、他のすべてのタイヤ痕に踏まれていたので、この車は雪が降る前、あるいは降っているあいだに入ってきて、やんでから早い時間に出ていったらしいことまではわかった。トレッド幅を前輪と後輪と両方測定した結果、車種もほぼ二種類——ヴィッツまたはアクア——に限定された。それが犯人の車だろうと、捜査本部は狙いを定めた。もともとこの駐車場は、契約車両が半分ぐらいで、空きスペースもけっこうあったから、一日程度の無断駐車ならわりあい多く、大目に見られていたらしい。

大久保不動産の関係者の中に、ヴィッツとアクアの持ち主は見あたらない。そこでこの二車種について、捜査本部は函館市内全域にわたって持ち主のリストを作成し、三月二十二日深夜のアリバイを調べることにした。その数約三千五百。それだけ多いと中には非協力的な者、怪しい者もいるから、膨大な人手と時間がかかる。そのせいで真相は霧にかすんでいったのではないか、というのが俊介の実感だった。

足跡の捜査はさらにやっかいだった。重なり入り乱れて、車のトレッド幅以上に採取や特定が難しかったが、その多くが駐車場にやってくる足跡で、車に乗って出かけたと推定されるので、車とセットにした調査——すなわち、駐車場契約者に当日の靴を提出してもらい、測定し、リストから該当するものを削除するという作業——が、すこしずつ進められた。

その結果、特定されない足跡が二種類残った。どちらも犯人の足跡とは別に、裏道を通って裏口から駐車場に入っていて、逆にたどると出発点は四十メートル先の「湯の浜ハイツ」という三階建てのマンションらしかった。一人は雪がやんだ午前一時半過ぎにマンションを出て駐車場に来ていた。もう一人はそれよりも前、雪がまだ降っている深夜〇時ごろ駐車場に来たらしく、なかば雪に埋もれた足跡だった。両方とも男物サイズの靴だ。深夜〇時の男は、駐車場でコンパクトカーに乗り込んだのだろうか、それともそのまま通り過ぎて商店街のある道に出たのだろうか。そこがはっきりしなかったのは、道に出てから先は、ほかの足跡やタイヤ痕に踏まれて消えている上に、すぐにアーケードが張り出して雪が残っていないせいだった。

タイヤ痕のほうは雪がやんでからのものだから、もし〇時の男が問題のコンパクトカーに乗り込んだとすれば、少なくとも約一時間半、車を動かさないで車中で待機していたことになる。そんなことをしていたとすれば、犯人を目撃するか、あるいは共犯者として犯人を同乗させた可能性も出てくる。捜査本部としてはまずこちらの男を捜し出すことに力を入れた。

ところが「湯の浜ハイツ」の住人全員に尋ねても、だれも名乗り出てこない。住人で車を持っている者は、どこかの駐車場と契約しているから、コンパクトカーを無断駐車していたということは、友達でも訪ねてきたのではないかと思われたが、そんな心当たりについても申し出がない。

そのうち、「湯の浜ハイツ」で認知症の父親と暮らす娘から、有益かもしれない情報が得られた。娘はハイツから徒歩五分の温泉旅館内のバーで働いていたが、自分が遅い夜には父親が徘徊《はいかい》することがあり、帰宅してみるとどこをどう歩いたのか家に戻っている場合もあるが、戻れなくなって警察の世話になることも一度や二度ではなかった。二十二日の夜には、深夜〇時半に帰宅したとき、父親はいたが眠っておらず、衣服も周囲も水びたしだったので、おそらく雪の中を歩き回って帰ってきたところなのだと思い、あわてて着替えさせたという。父親が家を出るのは九時ごろが多いが、自分の帰りが遅い日は夜中に出かけることもあり、その日は日付をまたぐころだったかもしれない。捜査本部は消えかけた足跡の主はこの父親で、駐車場からアーケードへ出て、さらに別の道を通って「湯の浜ハイツ」へ戻ったのではないかと推測したが、帰路の足跡までは確認していなかったし、本人にはなんの記憶もないので断定はできなかった。

もう一つの、午前一時半以後に駐車場に行った足跡についても、「湯の浜ハイツ」の住人からは申し出がなかった。そこで湯ノ川周辺のヴィッツまたはアクアの持ち主を優先して突き止めてみると、ハイツの住人に該当者が出た。アクアに乗る二十七歳の男で、自分が契約した安値の車庫が遠いため、この駐車場を無断で利用する常習犯だった。ところが男は尋問に非協力的で、アリバイがはっきりしなかった上、五年前に振り込め詐欺を手伝って逮捕された前科があることもわかったので、捜査員がその後交代で一年近くもマークすることになった。

この男は五稜郭の飲み屋街でボーイとして働き、深夜は風俗嬢たちの送迎をアルバイトにしていた。ボーイの仕事が終わると、送迎の時間まで五稜郭界隈で過ごすこともあれば、いったん帰宅して出直すこともある。捜査員が周辺の聞き込みをつづけた結果、当日は日付が変わった二十三日午前一時半に家を出て、車に乗り、風俗嬢の女と会って自宅へ送って朝までそこで過ごしたことがようやくわかった。一時半ならくっきり残った足跡にぴったりだと思われたし、男の足のサイズもほぼ足跡に合致したが、男はその夜はずっと家にいたと言い張り、靴の照合も拒んだままだった。風俗嬢との交際を隠しておきたい事情があったのかもしれないが、ふてぶてしい男の態度は、警察を困らせることを喜んでいるだけのようにも思えた。

ただ、問題のコンパクトカーがこの男のアクアだとすれば、登美子殺しの犯人がどの車に乗ったのか見当がつかなくなる。男はいくら調べても、大久保不動産、バー「はまなす」、そして隼人の婚約者山口あかねとの接点がなく、男の暮らしぶりにその後変化も見られなかった。

こうした捜査の結果をまとめると、捜査本部にとってかんばしくない結論が出る。すなわち、「湯の浜ハイツ」を出て裏口から駐車場にはいった二つの足跡のうち、早いほう、雪に埋もれかけたほうは徘徊老人で、そのまま車には乗らず、商店街のアーケードを通って別のルートから「湯の浜ハイツ」に帰宅した。その後日付が変わり雪がやんでから、ボーイ職の男がやってきて、アクアに乗って出て行った。そう仮定すると、大山鳴動して鼠ゼロ匹と言うべきか、タイヤ痕も足跡もすべて特定され、駐車場から大久保邸まで往復した肝心の犯人の足跡だけ、その後のゆくえがつかめず、駐車場に停めておいたはずの車も幻となって消えてしまうことになる。

そこで捜査本部は、少なくともボーイ職の男については結論を急がず、本人が言うように当日は家にいた可能性もあると見て、なお捜査を継続することになったが、新しい情報は得られず、そのままおよそ四年が経過したのだった。

3

「で、凶器の包丁はこの先に捨ててあったんですね？」ジャン・ピエールは資料を見ながら商店街のほうを指差す。

「そう、そこのアーケードの終わりころの、豆腐屋のシャッターの前さ」

当時から営業を休止して、シャッターが降りたままの豆腐屋だった。包丁はシャッターに軽くぶつかって傷をつけた。

「駐車場から約三十メートルだから、投げてとどく距離じゃないですね。アーケードもあるし」

「ここから投げるのは無理だね。車の中から通りすがりに投げたんだべね」

「そうですね。どうして駐車場に捨てないで、わざわざ車をスタートさせてから窓を開けて捨てるなんて面倒なことをしたんでしょうね」

「それは……わかんないな。気が変わったんでない？」

「ここを通り過ぎて、アーケードの先まで歩いていったとは考えられないですか」

「うーん。アーケード周辺からは足跡らしいものは出てないし、大久保邸に用があるのに、そんな先に車を停めるのもおかしいし、この先はずっと路上駐車になるけど、それはなかったっていう話だから」

「OK、わかりました」ジャン・ピエールは資料になにかシルシをつけた。俊介は、ジャン・ピエールをいざなって旧大久保邸のほうへ歩きだした。

「そうすると、いよいよ大久保邸内部の問題か」と言ってジャン・ピエールはにっこり笑う。

「なんか大きい問題、あるの？」

「いや、今のところそうは見えないですけど、窓から張ったロープの件は、やっぱり気になるなあ。なんでこんなことしたんだろう」

「なるべく早く外へ出て逃げるためじゃない？」

「だけど犯人は、三人のお客——ええと、柚木、松崎、それに息子の隼人、この三人が寝静まるまで、現場の部屋でじっと待ってた可能性もあるわけでしょう？　だったら、こっそりまた階段を使って出ていくほうが、楽で安全だったんじゃないですか？」

「三人が何時に寝るかわからなかったんでない？　マージャンだから、朝までつづくかもわかんないし」

「ところでその、ロープを使って降りる作戦ってのは、実際に実行可能なんですね？」

「可能みたいだよ。思いあまって、われわれの身軽なのが、実際やってみたんだよ」

旧大久保邸の門には今では別の看板がかかっているが、建物の中はほとんど同じだった。

俊介はまず玄関の庇を外れて、二階の窓の手すりを指さした。

「あすこ、ロープをゆわいて、こっちの釘へ引いて——ここに釘、まだあるね。ここへ引っかけて留めたのさ。手すりが頑丈だから、ぶら下がってなんとか降りてこれたんだよね」

「そうか」ジャン・ピエールは庇の支柱に打ち付けてある古い釘をしげしげ見つめる。ジャン・ピエールの身長は百八十センチぐらいだから釘とほぼ同じ高さだ。フランス人はそんなに背が高くないと聞いたことがあるので、ずいぶん高いほうなのかもしれない。

「その実験のおかげで、一つわかったことがあってね。犯人がなぜここに張ったロープをちょん切っていったか」

「はい、なぜです?」

ジャン・ピエールはロープの写真のページを探して丹念に見た。二階の手すりの下端に固く二重に結びつけられたロープは、片方が下のコンクリート帯まで垂れ、もう片方も一メートルあまり垂れている。一方、庇の支柱の釘に結ばれたロープは短い。切断された方ももう片方も十センチ程度だ。

「ロープがパイプ状の器具の中をくぐるようにしてあって、その器具に、ぶら下がりやすいように取っ手でもついてたんだろう、っていうんだ。そうでないと、ただ手で掴むだけでぶらさがって、これだけの距離を降りてくるのは、そうとう腕の筋力が必要らしいんだな」

「直線にして、十メートルぐらいですか」

「十二メートルなんぼだね。だから、ロープが通るパイプの穴の上部には小さな車輪もついていたかもしれない。それなら、ただぶらさがってるだけでツツーッとこっちまで降りてこられる。で、そういう特殊な器具を犯人が使ったんだとすれば、残しとくわけにいかないから、こっちに着地してから、ロープを切断して器具だけ回収したんだろう、ちゅう説明なんだよ」

「へえ。ロープにはそういう器具をぐらせた痕跡があったんですか」

「そこまではわかんなかったけど、ロープは新品じゃなかったそうだから」

「ふーむ」とジャン・ピエールは日本人のような合いの手を入れて、

「この壁には、足跡を残さなかったんですよね」窓から庇にいたるまでの建物の外壁を指で示す。当時はたしかベージュだったが、今では白く塗り直されている。

「なかった。それだけ楽々降りてきたってことになるね」

「でも壁との距離は……三十センチぐらいでしょう？　足でなくても、肩や膝が壁に触るぐらいはしても自然だと思うけど、それもしなかったってことは……」

「なるべく音たてたくなかったんでない？」と答えながら、自分がジャン・ピエールとまるで立場を入れ替えたように、答え役にまわっていることに気づいて俊介は苦笑した。質問したいのはおれのほうなのだ。でも今程度の質問なら、長いあいだにおれたちだっていろいろ考えて、だれかが答えを見つけてある。

「で、駐車場から来た足跡は、いったん二階の窓の下へ行って、二階にロープを投げた。それから玄関の庇の下へ戻った、と」

今は雪がないので、周囲のアスファルトには足跡は残らない。それでも事件当夜の様子

を頭の中で再現しているのか、ジャン・ピエールは写真と現場とを見比べながら、ゆっくりと玄関に近づくと、

「犯人はここでブーツを脱いだんですか?」ドアの手前の玉砂利を固めたコンクリート部分を指さす。

「そうらしい。雪や泥が中に持ち込まれた形跡がないからね。おそらく玄関のドアは入るのに一度開けただけで、出るときは窓から出て、ここに降りたってブーツを履くつもりだったんだね。そうすれば玄関は施錠されていても関係ないから」

「なるほど」

この施設の現在の管理人に連絡を取って、鍵をもらってある。それを使ってドアを開けると、三メートル四方、ライトブルーのタイルを敷き詰めた三和土は元のままだが、当時ここに置かれていた喫煙用の空気清浄機は見あたらなかった。

「すると犯人はこの場所……なんて言いましたっけ」

「玄関の三和土だね。漢字で書くと三に、大和《やまと》の和に——」

「そうでした。三和土に、犯人は靴下で入った。奥では三人がマージャンをやっていた」

「牌の音や三人の話し声が聞こえただろうね。それで様子がわかったはずだ」

「で、そのままその階段をあがっていった。すると階段や現場の部屋には、ここで靴下についた土埃やなにかが検出されたんですね?」

「検出されてる。ただし大久保隼人と松崎正志は、何回かタバコ吸うために玄関に出てきて、この隅にあった灰皿使うのに、三和土に足つく程度のことはあったらしいよ。だから三和土の土埃は、マージャンやってたリヴィングからも検出されてるんだ」

「はあ」

俊介は靴を脱ぐと正面の階段を昇った。二階まで折り返しのない階段で、突き当たりがかつての登美子の部屋、右手はかつての隼人の部屋、振り返って後ろの奥は空いた和室と物置だったが、物置はその後トイレに改造されている。今は各部屋に番号をふった木札が掛けられていた。

ジャン・ピエールもついてきて登美子の部屋に一緒に入ったが、家具もベッドもカーペットも取り替えられた清潔な部屋に、今さら見るべきものはなさそうだ。

俊介は奥へ入って、

「ここにベッドがあって、登美子はこう――と手で広がりを示して――こっち頭で窓向きに寝てたんだね。犯人はこっそり背中の方向から近づいて、後ろから包丁を突き立てた。噴き出す血を浴びないように注意したんだろうね。血はその窓に降りてたブラインドまで飛んだけど、後ろへは飛んでない」

ジャン・ピエールは黙ってうなずいた。奥の窓辺に寄って外を見ると、さっき説明した「湯の浜ハイツ」がやや先に見えている。ほかに高い建物がないからだ。

「この窓は元のままですか」とジャン・ピエール。

「そうだね」

「当日の夜は、ブラインドが降りてたんですね？」

「うん」

ジャン・ピエールも「湯の浜ハイツ」に気がついて、

「あの建物の三階あたりから、この部屋が覗けた、なんてことはないですか？」

「登美子はこのブラインドを開ける習慣なかったようだよ。隼人の話だとね。少なくとも当日は、びっちり閉まってたな。もちろん窓もね」

次にジャン・ピエールは、隣りの部屋とのあいだの壁の厚さを気にかけたが、簡単に音がもれる薄壁ではなかった。

ジャン・ピエールはそれからドアに近いほうの窓を開け、問題の手すりの具合を見た。五年前と同じ頑丈な鉄製の手すりで、鉢植えを置く幅くらい張り出している。そこに人が立つこともできるし、実際実験役を引き受けた身軽な同僚は、そこに立ってから外に身を乗り出してロープにぶらさがってみせたのだった。

二階の検分はそこまでだった。窓やドアを元通りに閉め、一緒に階段を降りる。階段の右手——昇るときは左手——の手すりは壁に接していなくて、いくらかスペースがあり、その壁には縦横一メートル程度の窓もついている。その構造をジャン・ピエールは面白が

って、しばらく眺めていた。それから資料の写真をめくり、

「この窓にはカーテンはありませんね」

「元からなかったね、たしか」

「ありません。そうすると……」と言って、ジャン・ピエールは階段を降りきって左折し、廊下途中のガラス戸を閉めてリヴィングに入った。内から階段のほうを覗く。立ったりしゃがんだり、あちこちの角度から階段方向を見て、

「階段の奥の窓、リヴィングから半分以上見えますね」

「うん、そうだろうね、位置関係からして」

「マージャンをしていたテーブルは、このあたりですか」とリヴィングを指さす。

「そうだね」

「そうすると……あの、ロープの用意はありますか」

「犯人が使ったロープ？　それはないけど、なにか代わりになるもの、車に積んであるかもわかんないな」

「もう一度二階の手すりから、庇の支柱まで、張ってみたいんですけど」

俊介は駐車場に停めた車に戻った。だがトランクにロープや紐の類いはなにもないので、アーケードの商店街へ歩いて行き、宅配便の集配所で訳を話して荷造り用のポリプロピレン紐を一巻き頂戴して――買うと言ったのだが料金は取ろうとしなかった――旧大久保邸

へ戻った。

ジャン・ピエールは外に出て、腕を組んで二階の手すりを見あげていたが、俊介を見ると自信ありげににっこり笑った。

俊介はまた邸の二階の登美子の部屋へ登り、窓を開け、手すりの端に紐を結びつけると、残りの紐のロールを下で待つジャン・ピエールに落とした。俊介が下へ戻ったときには、ジャン・ピエールはその紐を延ばして庇の支柱の釘に巻きつけていた。手すりと釘のあいだは紐がぴんと張られている。

「こんな感じですか」

「そうね。当日切れたロープを繋いだ限りでは、かなりまっすぐになったからね」

「それだとほら、階段の途中にある窓に、ロープがかかってますね」

なるほど、紐は斜めに降りてきながら、階段途中の窓の右半分——邸の中から見れば左半分——をかすめるように横切っている。窓枠の二辺と斜めの紐で直角三角形ができていた。

「では、リヴィングに戻りましょう」とジャン・ピエールにうながされ、俊介もまたリヴィングへ行って途中のガラス戸を閉める。

「ほら、やっぱり見えてる」

リヴィングから振り返ると、紐は窓の左半分の上辺を通過しているので、階段の手すりに邪魔されることもなく見通せた。ただ、窓ガラスのほかにドアのガラスもあいだにあるから、夜間の玄関灯の明かりだけでどこまではっきり視認できるか心もとない。

「これだと、気がつかないこともあるんでないかな」と俊介が言うと、

「あそこに人がぶらさがって通り過ぎてもですか？」

「うーん……」人の手や顔が通過すれば、見逃すことはなさそうだが、ごく短時間だったろうから、目を向けていなければそれまでではないか。俊介はなんとも言えないと思った。

ところがジャン・ピエールは、もうこの件に関しては結論が出た、と言わんばかりの顔でにこにこ笑っていた。

「このあたりに着席していたのは誰ですか？」

「ええと、隼人だったな。たしかこっちが松崎正志。松崎と向かいあってたのが柚木渉だった」

「窓に背中を向けた席は空席だった、と。そうすると、隼人は顔をあげればほぼ正面に窓が見えた。松崎は横を向けば窓が見えた。柚木からはちょっと見えにくかったと、こういうことになりますか」

「そうだね」

「わかりました。わかってきました」とジャン・ピエールは言った。

俊介にはなにもわからない。隼人は窓の外、ロープを伝って滑り降りていく人影を見た

のに黙っていた、ということだろうか？

4

その日のうちに立待岬も見ておこうということになって、俊介は湯浜町から漁り火通りを南下して住吉町へ向かった。

ジャン・ピエールはまた資料に没頭していたが、青柳町から谷地頭に向かう電車通りの下り坂にはいると、こまめに自分の腕時計を見やる。

「このあと、予定あるの？」

「いえ、ぼくじゃなくて、事件の時間の経過です」

「時間の経過って……」

「葉子さんが犯人の車を追いかけて、ナンバーを見て、それから現場の立待岬に引き返した、っていう話が、どうもしっくりこなくて」

「そうなの？　だけど消防本部に電話したのは葉子ママで、犯人たちとは面識がなかったっていうんだから」

「本当にそうなんですかね」

「だいぶ調べたよ。それに、葉子ママが嘘をつく理由、なんもないんでない？」

「そのはずなんですけど、どうもこの事件、犯人があっさり逮捕されているにしては、引っかかるんですよねえ……」ジャン・ピエールは唇をゆがめて考え込む。

俊介の車は谷地頭の市電終点を過ぎ、右手に酒屋が見える角で左折した。立待岬に行く一番簡単なルートだ。犯人たちの車も、救急車もここを通った。そして角の酒屋のオヤジが、当日店番の席からガラス越しに通りを眺めていたために、タイミングのいい目撃情報がもたらされていた。

ジャン・ピエールはまた時計を見た。

「ここから二、三分だな、立待岬は」

「はい」

車はまもなく立待岬への一本道に入り、左に海を見下ろしながら進んだ。車がかろうじてすれ違える程度の道幅だ。

観光用の駐車場が、一キロほどの一本道の終点になっていた。俊介は左右に広い駐車場の右側の柵の前に車を停めた。事件当日、松崎正志と辻村葉子が停めていたあたりだ。今は車がほかに二台停まっていた。

前方は津軽海峡、きょうは波もおだやかで、崖下の岩礁を抱き寄せるように包んではほどけていく。はるか左手には湯ノ川温泉の旅館街から空港方面へ延びる函館の東部海岸が見えている。

二人で車を降りた。鷗が飛び交っている。エサになる小魚が海面近くに出ているのだろうか。ここからは徒歩で、崖のほぼ真上まで降りられる観光歩道も作られているが、ジャン・ピエールは立待岬そのものには関心がないようだった。前に来たことがあるのかもしれない。

「松崎の車は最初、ここに停まってたんだ。須藤たちはあっちのほう」と俊介は駐車場の右奥を手で示して、

「出ていくときに擦るほど狭くないよね。大回りしてこっちに近づきすぎたんだな」

「それで、車をいったん停めて松崎とやりあったのは――」

俊介は出口の急カーブのほうへ歩いて、

「このあたりだね。松崎が轢かれて倒れたのが、このカーブの真ん中あたりしょう」

ジャン・ピエールは手許の写真でそれを確認して、

「車がそのまま走り去る。葉子さんは驚いて、轢かれた恋人の様子を見に行ったでしょうね」

「そう言ってるよ」

「ええ。それで、もうダメだとわかる。たしかにこの写真の様子だと、見るからに即死ですものね」

「本人もそんな証言だったね」

「で、犯人の車を追いかけようと気持ちを切り替えて、走って車に戻る。スタートさせて、車を切り返して、追いかける。急いでも三十秒から四十秒は遅れたでしょうね。救急車の通報は後回しにしたとしても」

「そうなるね」

「三十秒としても、そのあいだに犯人の車は三百メートル近く走ってますよ。時速三十六キロで三百メートルです。追いつけますかね」

「うーん」と俊介は曖昧な返事をした。葉子の遅れはもっと短かったのだろうか。

「だけど、本人が近道をして、追いついたって言ってるからなあ。なにしろ、ナンバーを見てるんだからね」

「追いかけていったコースが、たまたま正解だったたってことですか」

「そうだったみたい。八幡様の前を通る道は、信号がないからね」

立待岬の一本道から電車通りに出て右折すると、道がゆるやかにカーブする上、青柳町を通って宝来町まで行くあいだに信号が四つある。そこへ行くのに近道を取ろうとして、葉子は電車通りを右折しないで直進し、函館八幡宮に通じる道に出て右折した。その道なら宝来町まで信号がない。またその道は葉子が住むマンションの脇を通る道だから、慣れていて走りやすかった。葉子はそこに期待したと言った。たしかに三十秒の差なら、信号待ち一回か二回で追いつけるだろう。

だが、犯人たちの車が電車通りをたどって宝来町まで行くと、どうして確信できたのだろうか。青柳町で別の道に曲がるかもしれないし、宝来町の手前にも曲がり角はたくさんある。葉子は「運がよかったんです。正志さんが応援してくれると思ってたから」と言っていた。結果的に葉子は、二キロ走ってふたたび電車通りに出たあたりで犯人たちの車を間近に見届け、ナンバーを確認すると、同じ道を急いで引き返すことになる。

その様子を、立待岬からの一本道と電車通りとの交差点にある酒屋のオヤジが目撃していた。そろそろ店を閉めようと思っていた八時十五分ごろ、男が二人乗った白っぽい車が立待岬方面から来て電車通りで右折——オヤジの店から見ると、左折——した。しばらくすると、今度は黒っぽい車が立待岬方面から出てきて、八幡宮方面へ直進していった。その車は、赤いコートを着て、サングラスをかけた洒落た女が一人で運転していた。

二台の車の通過には四、五分の間隔があったように思う、とオヤジは最初言っていたが、四分差では、いくらなんでも葉子は犯人たちに追いつけなかったに違いない。実際には一分以内の差だっただろう。捜査本部でも、裁判でも、それが暗黙の了解とされ、「そうだったかなあ」とオヤジは苦笑して頭を掻《か》いていた。

酒屋のオヤジは、サングラスの女が一人で車を走らせる姿を記憶に残していた。むろん知らない女だ。一人で立待岬に行ったはずもないから、途中のどこかに用事があったのだろうか。そんなことを思っていると、青柳町方面からピーポ、ピーポとサイレンが聞こえ、首をめぐらして電車通りを見やると、やがて救急車が坂を下りてきて立待岬の方向へ曲がった。八時二十五分ごろのことだ。なにかあったのだろうか、と思って立ち上がり、交差点まで出て見ていると、さっき八幡宮の方向へ去ったばかりの黒い車が、引き返して立待岬方面へ戻っていくのが見えた。やはり赤いコートとサングラスの女が一人で運転しているのが、斜め後ろからちらりと見えたという。救急車と赤いコートの女の車が立待岬へ向かった間隔は一、二分程度だったと思う、というオヤジの証言は、先に到着して葉子を迎えることになった救急隊の証言と合致していた。

「救急車に通報するのが、事件発生から七分後だったという問題もありますしね」とジャン・ピエールは言った。立待岬から来た轢き逃げ犯の車を酒屋のオヤジが目撃したのが、オヤジの記憶通り八時十五分ごろだとすれば、事件そのものはそれより約五分前、八時十分ごろに起きたと考えられる。だが、裁判における被告たちの証言も含め、最終的には前後の事情から、オヤジが目撃したのは八時十八分ごろだと修正された。それでも事件発生と通報とのあいだには七分の開きがある。

「松崎正志が、本当に辻村葉子の恋人だったなら、犯人をつかまえるより松崎を助けるほうが先決問題だと、ふつうは考えると思うんですが」

ジャン・ピエールはまた日本語がうまくなった、と俊介はあらためて思った。

「そうなんだけど、葉子ママが咄嗟にどう行動したか、そこあんまり突っついてもなあ。慌ててただろうし、松崎はほぼ即死だし、絶対犯人つかまえたいと思っただろうし……」

「葉子さんが犯人たちを知っていた可能性は、本当にないんですかね？」

「え？」ジャン・ピエールにあらためて訊かれるとギクッとするが、それは俊介たちが当初から入念に調べてきたポイントにほかならなかった。

「ないね。それはこっちの、大久保登美子の事件にも関係するかもしれないから、湯ノ川署からも出ていって、さんざん調べたんだよね」

「したら――」とジャン・ピエールは言い、思わず出た函館弁に照れたように頰笑んでから、

「そしたら、犯人を知らなくても、松崎がその日、あるいは近々、殺されることを知っていた可能性はありませんか？」

「え」それは考えたことがなかった。

「そう考えることができれば、いろいろ説明がつくんですけどね」

俊介は駐車場をぶらぶらと歩いたり写真を撮ったりしている人たちの耳が気になって、車の中へジャン・ピエールをいざなった。それにすこし寒くなってきている。

車に腰を落ち着けてから、

「葉子ママは犯人たちを知らなかった。でも、だれかに松崎が殺されることは知っていた。

知っていて放置してたってことかい？」

「はい。轢き逃げ事件が発生したとき、これが前から聞いていた松崎殺しの陰謀か、と気がついたのかもしれない。事件そのものは偶然発生したのに、葉子ママが勝手に気を回して、ひょっとしてこれが前から聞いていた、殺し屋たちの仕業なのかと考えてしまった、そういう可能性もあります。そんなふうに推測すると、いろいろなことがわかりやすくなりますよね」

「なにがわかりやすくなるの？」

「ええと、まず、葉子ママが松崎を放置して、犯人を追いかけることに夢中になった点です。葉子ママにとって、松崎の死は意外ではなかった。予期していたことだった。ただ、犯人が葉子ママの知らない人たちだったこと、事件の性質が計画的というより突発的に思われること、それに葉子ママがその後ただちに犯人逮捕に協力したこと、などを考え合わせると、松崎の死が、ここでこういうかたちで起こったことは葉子ママの予想にはなかったので、そこにびっくりして、なによりも先に、松崎が殺されるという計画を教えてくれていた相手に電話をかけて確認したのではないかと思ったんです。その計画は、今夜こういうかたちで実行されたのか、と確認するわけです。そのための電話がまずあっただろう、と。……当日の葉子ママの通話記録は、残ってるんですか」

「いや、残ってないな」と俊介はさほど残念に思わないまま言った。そこまでストーリーを想像して捜査することなど、できるものではない、という気持ちだった。

「事件の直後に携帯の提出を求めれば、協力してもらえたかもしれないけど、履歴は消してあったかもしれないしね。令状を取って電話会社に問い合わせることは、どうだろう、ママにはなんの嫌疑もかかってない状態だから、できなかったんじゃないかな」

「そうでしょうね。もちろん今では記録なんか残ってないでしょうし」

「その線が、そんなに決定的なの？」

「いや、そういうわけじゃないですけど、松崎が轢かれたとき、救急車を呼ぶより先に、急いでしなければならないことが葉子さんにあったと考えると、その後の行動が説明しやすくなると思ったんです」

「それがつまり、どっかへ電話して確認した、ってこと」

「そういうことです。電話だけなら、その場でもできたでしょうけど、数分でもロスすることを恐れて、とりあえず犯人の車を追いかけることにした。ただし、犯人の車のナンバーは、事件が起きた瞬間に、見て記憶していたのだと思います。だから追いつく必要はなかったんです。というのも葉子ママは、事故そのものに驚いたのではなく、松崎がこういう形で殺されたことに驚いて、それが計画通りなのか、あるいは計画とは別の単純な事故か、まずそれを確かめなければならないと思った。そういう思いが働けば、とっさに車のナンバーを覚えておいても不思議はありません。そのナンバーを、むしろどこかに電話をかけて確かめたかった。その時間をかせぐために、犯人の車を追いかけるふりをして現場を離れた。そう考えると、電車通りに出たときに直進して、八幡宮のほうへ向かった理由も簡単に説明がつきますね。どこか人気《ひとけ》のないところに車を停めて、落ち着いて電話をしたかったのだと思います」

「たしかに、八幡様の道のほうが、電車通りよりずっと人通りがないね」

「ですよね。で、その電話連絡が終わってから、救急車に通報します。事故と通報のあいだに、最低でも七分間の空白があった事実は、それで説明がつきます。それは松崎の安否を気遣う人の行動ではありません。ほかにもっと、気にかかることがあった人の行動だと思います」

「だけど……」俊介は、葉子ママが本気で松崎を愛していたのではないか、という自分の印象を語ろうとして、口をつぐんだ。ジャン・ピエールは、そんな印象を与えたのは葉子の演技だったのだと主張するだろう。だがしかし……。

「たぶん葉子ママは、電話で確認した結果、立待岬の事件は自分たちには無関係の、偶然の事故だと知らされたのでしょう。その確認は、あとから轢き逃げ犯たちと葉子ママが、おたがいに知らない同士だったと証言している事実にも符合しますし、そもそも葉子ママがかれらを逮捕するために捜査に協力した事実からも推測できます。無関係なら、犯人を逮捕してかまわないわけです。もし関係があって、かれらを逮捕してはいけないのであれば、追いかけたんだけど、追いつかなくて、車のナンバーはわからなかった、夢中だったので、車の種類その他もよくわからない、と証言することもできたのに、葉子ママはそうはしませんでした。ただの若者たちの暴走なら、松崎のためにも犯人を即刻逮捕してもらおうと、そういう心算で、葉子ママはここに引き返してきたのだと思います」

「ちょ、ちょっと待って」と俊介はかろうじて言った。

ジャン・ピエールの推論には一定の説得力がある。だが俊介は自分の気持ちをぶつけないわけにはいかなくなった。

「でも、そう考えると、葉子ママは松崎を本気で好きだったわけでない、ってことになるよね。だれかに殺されるとわかってて、それを松崎に言わないでいたなんてさ」

「そうですねえ、そこは……」

「おれは会ったときの印象からしても、ママは松崎に対して本気だったと思うんだよね。おれだけじゃなくて、山形さんもそう言ってたんだよ。そりゃあ、印象に過ぎないっていえば過ぎないけど……」

「そうかもしれませんね。もちろん、ぼくの考え過ぎかもしれません。でも、どんなに好きでも、なにかの事情で諦めなきゃならない場合だってあるんじゃないでしょうか。涙を流してもはじまらない、っていう場合だって……」

俊介はびっくりしてジャン・ピエールを見た。声の調子から、ジャン・ピエールが涙ぐんで言い淀んだのかと思ったのだ。「涙を流してもはじまらない場合」……両親を爆弾テロで突然亡くした悲しみが、美青年の心に一瞬よみがえったのかと思った。だが、よく見るとジャン・ピエールは、メガネの奥で静かに頬笑んでいるだけだった。悲しみがよみがえったとしても、それをただちに押し戻して、現在に適応しようとしていた。

「それじゃ、どうして松崎は殺されることになってたんだろう？　なにかものすごい強制力がはたらいて——あ、大久保登美子事件との関連か」

「はい、そう考えるのが自然ですね」ジャン・ピエールはうなずいた。

「松崎は大久保事件のなにかをたまたま知ったか、共犯者としてなにか手伝った。意図しないで、ただ結果的に手伝ったり知ったりしただけかもしれませんが、ともかくそのことを、主犯の人が、あとで知って、あるいは考え直して、口封じしたほうがいいと判断した。そんな口封じの計画があって——」

「葉子ママがそれを知った、と。あるいは知らされた。悪いけど松崎のことは諦めてくれと引導を渡された、と」

「そうですね。その人もそれなりに葉子ママと親しくて、ママのほうも世話になってる人だった、というような……」

「……それは、だれだい？」

「……柚木渉だと考えると、話がわかりやすくなりますけど」

「大久保登美子社長も、柚木渉も、『はまなす』のお客だったんですよね。だったら人間関係的に、繋がってる可能性もあるかな、と思うんですけど」

「人間関係的に」というジャン・ピエールの言い方は、いかにも日本語に熟達した印象だった。

「そうだろうなあ」

俊介は逃げるようにジャン・ピエールから目を逸らして、かなたの津軽海峡を見やった。どういうことだ？　これはどういうことなのだ？　柚木渉が登美子殺しの犯人で、そのことを松崎が知ったか手伝ったかした、とジャン・ピエールは言うのか？　葉子ママの恋人は、松崎ではなくて柚木だったのか？　あるいは恋愛の問題ではなく、われわれが知らない事情がそこにあるのだろうか？

「いや、ははは」ジャン・ピエールはあわてたように笑った。

「ただ思いついたことを言っただけです。すみません。なんかするすると仮説ができあがったので、とりあえずお話ししてみたんですけど、もうすこし考えてみます」

「……今の仮説で、矛盾するところはないのかな」と俊介はようやく言って、ジャン・ピエールのほうへ向き直った。

「……ないと思います」と言って、ジャン・ピエールは一瞬恥ずかしそうに頬笑み、

「でも、補強しなければならないことはいくつかあります。たとえば最初の、弓島敦夫殺

害事件との関連の有無です。資料を読み直して、考えてみます」

「……ありがとう」

葉子ママが登美子事件のどこかに関与しているという疑いは、捜査本部では持たれていなかったが、柚木渉については当初、いろいろな角度から探りを入れ、周辺を調べ、行動を監視してきた。柚木が葉子ママと親密だったことを示す情報はなかったはずだ。そのことをジャン・ピエールに言おうかと思ったが、俊介は思いとどまった。その程度のことは、渡した資料に書いてある。書いてあっても、それ以上の真実があると、ジャン・ピエールが言うのなら、きっとその通りなのだ。なにしろ捜査本部はこの五年間、成果をあげられていない。ジャン・ピエールなら、資料を超越する真実を発見しても不思議ではない。

立待岬は函館山の裾野が東の海へ落ちる地点なので、入舟町とは反対に、朝日はよく当たるが夕暮れが早い。どんより暮れかけて冷えはじめた海辺を、一羽だけ残った鷗がまだ飛んでいる。

「葉子ママに、会ってみるかい？」と俊介は急に思いついて言った。

5

俊介はあらためて資料を見直した。葉子と柚木渉は、その後ほとんど接点のない生活をしてきた。柚木は去年、ゴルフリゾート会社社長の一人娘と結婚し——社長の希望で、二人の結婚式は札幌市内でおこなわれたという——大久保不動産でも部長に昇進し、今や隼人を助けて大久保不動産の中核をなしている。娘も生まれた。葉子ママはあいかわらず独身で、「はまなす」も五年前と同じように開いている。柚木や隼人は、今でもたまに客として現れるという。

この社長の娘は、大久保登美子社長が生前、松崎に紹介したいと言っていた相手だった。登美子社長とともに松崎が故人となった今、柚木渉がうまく立ち回って結婚にこぎつけたということか。それともこの娘を狙って、邪魔だてする登美子社長とライヴァルとなる松崎を亡き者にしたのだろうか。

同僚が調べた記録によると、この娘は現在二十七歳、事件当時松崎に会ったことはなく、おそらくその存在すらも知らなかった。柚木渉に初めて会ったのも事件から一年近くたってからだという。となると、すくなくとも柚木の結婚をめぐる陰謀の可能性は否定されそうだ。

むしろジャン・ピエールの仮説から考えると、登美子の死後、監査役から副社長に返り咲いた橋口健太郎のほうが、俊介には気にかかった。橋口もかねてから「はまなす」の客だから、葉子ママとは長く顔見知りであるはずだ。ひょっとすると意外な交際が展開していなかったとも限らない。ただし、橋口の身辺調査は五年前から慎重に進められてきて、陰に親しい女がいるという情報はなかった。

葉子ママに電話すると、いつでも店に来てください、と言ったが、やがて思いついて、来週なら東京から、しおりが五年ぶりに帰ってくるから、一緒のほうがいいかしら、と言ってくれた。五年間の捜査報告に加えて、細かい点でいくつかお尋ねしたいことがあるので、という俊介の要望に気をきかせてくれたのだ。もちろんそのほうがありがたかった。

しおりは誕生した姪——兄渉の娘——に会ってみたいだけでなく、小説家として函館のことを詳しく書く立場になったので、最近の変化を自分の目で確かめたいのだという。翌週水曜日の五時、「はまなす」の開店前の時間に二人で待っていてくれることになり、俊介はさりげなく、フランス人の新米刑事を連れて行きます、と言って葉子ママの好奇心をあおっておいた。

昔は「大門《だいもん》」と呼ばれて栄えていた函館駅前松風町の繁華街は、今ではすっかりさびれたが、それでもバーやクラブを詰め込んだ雑居ビルが二、三軒、まばらに建って思い出のよすがになっている。「はまなす」もそんな雑居ビルの中にあった。

約束の水曜日、ジャン・ピエールと連れだった俊介は五時ちょうどに、まだネオンのともらない店の扉を引いた。さっそく立って迎えてくれた葉子ママは、モスグリーンの和服が店のやわらかい明かりに映えている。すぐにかたわらのしおりを二人に紹介してくれた。俊介はしおりと初対面だったが、近影つきの小説を三作も読んだので、知らない人という気はしなかった。俊介もジャン・ピエールを、最近配属されたばかりの新米刑事として紹介した。

「まあ、かっこいい。道警のイメージアップね」葉子ママはさっそくジャン・ピエールの腕を取ってスツールにすわらせる。

「日本語できるんでしょ？」

「はい、もちろんです」とジャン・ピエールは落ち着いている。

しおりは近影どおりの美人だった。白い春物のセーターにジーンズ、前髪を上げてヘアバンドをして、いかにも故郷でリラックスした雰囲気だ。しおりと葉子ママを並べて見比べると、二人とも顔が小さく、つんとした鼻も小さいところが共通点だった。

「ビールぐらい、お飲みになる？」と葉子ママがカウンターの中へ回りながら尋ねたが、俊介は手を振って断った。

「勤務中ですから」

「じゃ、ジュースね」

俊介が「はまなす」に来たのは二回目だ。前に来たときには大久保商事の副社長に返り咲いた橋口健太郎について、あれこれと質問を繰り出したことを思い出した。それも三年以上前の話だ。店の造りは変わらないが、ソファや壁紙は変わった気がする。

「でも、フランス人の刑事か。アイデアとしては秀逸かも」しおりがジャン・ピエールに

笑いかけて、

「そのアイデア、いただいてもいいかしら」

「アイデア……？」ジャン・ピエールは意味不明の顔をしたが、

「あたし、いちおう推理小説書いてるの」

「この先生、作家なのよ。応援してあげて？」と葉子ママも脇から言う。

「あ、そうですか」とジャン・ピエールはにこにこする。

「こんな身なりじゃ、信用できないでしょうけど」しおりがはにかむので、

「とんでもない、おれはもうすっかり読みました」と俊介。

「あら、ほんと？」

「そりゃ地元の作家ですもの、みんな読むわよ」と葉子ママはオレンジジュースの細いグラスを四つカウンターに並べた。

「でもどうせ、捜査のためにお読みになったんですよね」しおりは顔に似合わず意固地な内面があるようだ。

「いやあ――」と俊介が返答に窮すると、葉子ママが手を振って、

「だめよ、しおりちゃん、せっかく読んでくださったのに。この子、小説の話になると急にうたぐり深くって」

「すみません」としおりは舌を出して、

「とりあえず、面白かったですか？」

「ええ、もちろん。推理小説はあんまり読んだことないんですけど——」

「本物の刑事さんに読んでもらうなんて、緊張だわ。なにかおかしいところありました？」

「いや、とくに気がつきませんでしたけど」と俊介が無難な社交辞令を言うと、

「ほんと？」しおりはうれしそうに、肘と肘をくっつけるように細い腕を合わせた。

「よかったじゃないの。今度から舟見《ふなみ》さんにチェックしてもらったら？　これからもあなたは函館の事件を書くんだろうから」

「いや、そこまでは——」と俊介が頭を掻きかけると、

「冗談よ。現職の刑事さんに、そんな」葉子ママは笑いながら席に戻った。カウンターの曲がり角に沿って、ママ、しおり、ジャン・ピエール、俊介の順だった。

「すくなくとも、今度の事件の捜査がすっかり終わってからですよね」としおり。

俊介は曖昧に笑ってうなずいた。

「とにかくしおりは昨夜ようやく帰ってきたところだから、乾杯、お帰りなさい」とママは全員にグラスを上げさせて、自分も一口飲んでから、

「それで？　しおりの小説をお読みになって、あたしたちの事件のこと、なにかお気づきに？」

「いや、そうは言っても、小説ですから……」

「あたしが意外に意地悪なところかな」としおり。

「そうですねえ」俊介は一生懸命に頭を切り換えて、

「エッセイの中で、ご自分の小説は、芯のところで、体験がもとになっている、というようなこと書いてらっしゃいますけど、それぞれの小説で、どの部分が体験だったんだろうかな、なんて、現職としては、つい考えてしまいました」

「まあ、エッセイまで読んでいただきましたの？」

「はい」

「そうよね。刑事さんじゃなくたって、そういうこと気になるわよ」とママ。

「あれ、新人賞の受賞記念に無理くり書かされたもので、半分は夫の意見を聞いて書きましたの」

「なんだ、そうだったんですか」

「だってあたし、エッセイなんて書いたことないんだもの。小説書くだけでも大変なのに、抱負を述べなさいって言われたって、困っちゃって」

「ご主人は編集者ですよね」俊介はジャン・ピエールにも話が通じるように補足した。

「はい。そしたら夫が、おまえはリアリズムだから、多少古くても自分はそれで行く、って宣言すればいいさ、って言うから、リアリズムって古いの？　って、そこから始まったの」としおりはおかしそうに口をおさえて笑った。

「リアリズムって何？」とママ。

「ははは、だから、体験をそのまま書くっていうことね。もちろん事件やなにかは作り物だけど、その周りのお膳立てというかね。とにかく最初のストーカーの話のとき、あたし、ほんとに恐怖体験をずっとしてたから」と言うと、隣りのジャン・ピエールのほうを向いて、

「一時はほんとに怖かったの」

「はい、うかがってます」とジャン・ピエール。

「そう。そのあいだ、どうやって身を守るか、まんいち襲われたらどうするか、そんなことばかり考えてて、ノートにつけてたの。それをたまたま夫が見たのが、小説を書き始めるきっかけになったの。きみ、なかなか文章が書けるね、って。あたしにしてみたら、文章どころの騒ぎじゃなかったっていうのにね。そういう見方もあるのかと思って、びっくりして、ちょっとあたしの中のなにかが動いたの」

「はじけたのよ」とママ。

「いや、まだそこまで行かない。動いただけ」としおり。

「書き始めたのは、結婚してからですか？」と俊介。

「もちろんそう。でなきゃ、あんなもの見せやしないもの。最初がそんなふうだから、夫

の口車に乗せられて、なんとなく体験をもとにすれば、たくさんじゃなくても、いくつかなら書けるかもしれない、って思ったりして」

「災い転じて、っていうことよね。よかったじゃないの、いい人に巡り合えて」とママ。

「ママは会ったことあるんですか、ええと、吉川さんに」

「だって、結婚式に出たもの」

「あ、そうですよね」

「七飯のご両親と、渉さんと、あたしと、四人で東京に行ってきたのよ。渉さんにホテルを取ってもらって」とママはジャン・ピエールを見やりながら説明する。

「それは楽しかったでしょう」

「ところがその日もなんだかあって、あたしがぐずぐずしてるうちにチケットが取れなくなっちゃって、大騒ぎ。しおりにすごく叱られて——」とママが思い出にふけるのをしおりはさえぎって、

「ちょっと、今はせっかく、あたしの小説の話をしてくださってるんだから」

葉子ママは舌を出して、

「あ、ごめん。あたしすぐ横道に逸れちゃうの」

「いやあ、話ってこともないですけど」と俊介は照れて、

「二つめの作品、『はんかくさい女』ですか。あれも函館駅のトリックなんかに関して、

実体験がおありだったんですか？」

「ははは、まさか。トリックはどれも一生懸命考えたんですよ、夫と一緒に。あんなトリックみたいなこと、実際にはなかなかないもの」

「そうですよねえ」

「でも、『はんかくさい女』からは、函館を舞台にすることにしたの。函館の風景と函館の言葉。それがあたしの体験にもとづく小説ってわけ」

「それ、いいわよ。あたし大賛成」とママ。

「でも今はそういうの、流行らないの。かえってなんか、無駄にコテコテしてるように思われて」

「コテコテ？　装飾過剰ってこと？」

「そういうこと。トリックとか、意外性とか、だんだんそういうのに集中するようになって」

「でも函館の風景や言葉って別に、実地のままでしょう？　ちっとも装飾じゃないじゃない」

「でもほら、中心になる事件とか、犯人捜しのプロットから見たら、場所なんかどうでもいいから装飾に見えるんじゃない？　あたしもよくわからないけど」

「そんなこと言ったら、小説が成り立たなくなっちゃうじゃない」とママは元気に抗議す

るが、

「ははは、ママもあたしと同じ意見。でも、函館で意気投合してもしょうがないの。東京の読者がそういうの、求めてないから」

「そうなの？　ほんとに？」

「現にあたしの小説、売れてないもの。まあ実力だからしかたないんだけど、主人の作戦で、あたしの顔写真なんか表紙に出して、邪道だけど、それでようやく、なんとか話題になる程度」

「そうなんだ」

「だけど、写真っても、通用するのは一回か二回じゃない。だからそのあとどうするんだ、って」としおり。

「水着にでもなる？」とママ。

「やめてよ」しおりは噴き出しながら手を振って、

「それこそ邪道中の邪道。写真集を別に出す手はあるなんて、主人は気楽に言ってるけど、あたし、そこまでして推理作家つづける気はないよ」

「あら、もったいない。きれいなからだなのに」

「そういう問題じゃないの。あたしが読者だったらいやだもん、頭で勝負してるはずの推理作家が、平気でからだ見せるなんて」

「そこがちょっと古いのかもよ」

「ははは、そうね。でも、古くていいんだ。どうせあたしは函館だって都会に思えた、ド田舎の出身なんだからね」

「そうそう、七飯のシンデレラだものね」とママ。

「ははは、とにかく自分の感性に嘘ついてもしかたないものね」と誰にともなく言ってジュースを口に運ぶしおりは、やはりどことなく作家らしかった。

「ジャン・ピエールは、なにか質問ない、お二人に」と俊介は水を向けた。

「そうそう、ごめんなさい、あたしたちばっかりしゃべって」とママ。

「はい、ぼくはまだ、しおりさんの小説、拝見してないので、それについては何も言えませんが、立待岬の事件のこと、ママにうかがってもいいですか？」

「え、いいけど？」

「正志さんの……」しおりも真顔になった。

「轢き逃げ事故が起きてから、ママが救急車に電話をかけるまで、五分以上あいてますよね。そのあいだにママは犯人の車を追いかけて――」

「そのことなら、当時何回も訊かれたわ。あとから思い出してみても、夢中ではっきり覚えてないのよ」

「途中、救急車以外に、どこかに電話をかけませんでした？」

ママはびっくりした顔をジャン・ピエールに向けてから、

「かけませんよ。そんなヒマなかったもの」ママはすこし顔を赤らめたかもしれない。ジャン・ピエールはそれを観察してから、

「そうですか。電話一本かけたぐらいが、時間の間隔を埋めるのにちょうどいいと思ったんですが」

「かけてないな。夢中だったから、時間のことはよくわからないけど」

「すみません、余計なことを言って」

「松崎さんが相手の車に轢かれたとき、一目見て助からない感じだったんですか」と俊介はジャン・ピエールを助ける意図もあって、意地の悪い質問をした。

「いやだあ、もう」葉子ママは両手で顔をおおう。

「思い出したくないよね」しおりがタバコに手を伸ばしながら言った。そういえば灰皿に、細い吸い殻が二本あった。

俊介は謝ろうかと思ったが、顔だけ申し訳なさそうにして葉子ママを見ていた。

顔から手を離すと、ママは涙ぐんでいた。なにか言おうとしたが、まだ言えない。

「松崎さんが手で、合図したんでしょ。犯人を追えって」しおりが紫煙を吐きながら助け船を出す。その話が二人のあいだで何度か出ていたのだろう。

「そうだったんですか」と俊介。

ママはカウンターの裏へ行き、ピンクのポーチからティッシュを取り出してポンポンと顔をはたいた。それから何度もうなずいて、

「言われたとおりにしなくてもよかったのかもしれない。言われたとおりにしたら、かえって面倒なことになっちゃって、時間がどうの、追いかけたルートがどうのって、自分でもよく覚えてないことばかり、何度も訊かれてね」

「それはしかたないよね」としおり。

「うん。あれが、あの手のしぐさが、正志さんとあたしの、最後のコミュニケーションだったんだもの。言うこと聞かないわけにはいかなかったのよ」と言うとママはまたティッシュを引っ張り出した。

「つらいことを思い出させて、申し訳ありません」とジャン・ピエールは頭を下げた。

「いいの。それがあなたがたの仕事なんだから」

そのとき入口の扉が開いて、柚木渉が顔をのぞかせた。

「あら、早いのね、兄さん」としおり。

「いやあ、朝から嫁も七飯に行って母さん手伝って、たいしたご馳走らしいんだわ、きょうは。ママ、どうも」と五年のあいだにすこし太った渉は快活に言って俊介たちにも会釈し、ママの隣りにすわった。

ママが立って飲み物を作ろうとするのを、

「なんも、いいよ。きょうは運転手だし」と渉は制して、俊介たちをジロリと見やり、

「刑事さん、久しぶりだけど、なんかわかりましたか」

「いやあ、それがなかなか……」

「まさかこんなところで油売って、お茶濁してるんでないでしょうね」

「とんでもない」葉子ママは、いつもの声音を取り戻しながら、

「きょうは新しい刑事さんが、こちらの事件の担当になったからって、ご挨拶を兼ねてちょっと――」

渉はママの目許と手の中の丸めたティッシュから察したらしく、

「ご挨拶でママ泣かしてたら、世話ねえべ」と口をとがらせた。

「兄さん違うの」としおりは抗議したが、

「なにが違うのさ。おめたち、そうやって下手に出るから、いつまでもねっぱって根掘り葉掘り、時間つぶされて損ばかりこいてるんだべや。なにが新米刑事だよ。それで犯人つかまったか？　つかまったのはママが番号を覚えてた轢き逃げ犯だけだべさ。あとはからきしだもの。いいかげん、こっちだってイライラしてくるべさ。放っといてくれたら、みんな過去は忘れて、明日に生きようと思ってるのにさ。そうだべ？」

渉の演説をどう収拾しようかと俊介が悩んでいると、

「いや、犯人検挙の日は近いかもしれません」とジャン・ピエールがまっすぐ前を見て言

ったので、一同は一瞬押し黙り、それから渉は爆笑し、ママとしおりは顔を見合わせ、俊介はゴシゴシと頭を掻いた。

「よし、それならなんぼでもけっぱってくれや。今度おれたちに顔見せるときは、犯人検挙の日だっちゅうわけだな、ようし、よく言った。はっはっはっは」と渉は強がるような笑いかたをした。

6

帰り道、俊介はジャン・ピエールを慰めなければならないと思っていた。思わず「犯人検挙」などという大言壮語をさせてしまうほど、事件関係者に——しかも新米刑事という口実で——会うことにはやはりプレッシャーがあったのだろう。

「きょうのことは、気にしなくていいから」と車を出しながら俊介は言った。

「いやあ」ジャン・ピエールはメガネの奥でいつもの微笑を浮かべ、

「もう一ひねり、発想の転換が必要なのかもしれません」

「え、筋道が見えてきてるの」

「いや、そういうわけでも……」

それに、これ以上一ひねりする余地などあるのだろうか。松崎が殺されることを葉子ママはあらかじめ知らされていた、というジャン・ピエールが立待岬で述べた仮説も、俊介から見ると十分過ぎるほどひねったものだ。だが、その仮説はどうやら、事故直後の松崎正志が葉子ママに犯人を追えと合図をしたという事情によって、掻き消されたようだった。なにか新しい仮説が、そこから生じてくるのだろうか。

「柚木しおりさんの推理小説も、読んでみたいなあ」とジャン・ピエール。

「それなら本部に転がってるけど」

「じゃあ、お借りしようかな」

「あくまでも、小説だよ」

「わかってます」ジャン・ピエールは愉快そうに笑った。

「推理小説なんて、読むことあるの」

「そうですね。叔父がわりあい好きで、神父館の本棚に集めてあるものですから、何冊か読んだことはあります」

ジャン・ピエールはフランスで両親の不幸な死亡事件があって、函館のカトリック教会で神父を務めている叔父に引き取られ、叔父の家、つまり神父館に同居している。函館がどういうわけか好きになって、もう足かけ四年もここで暮らしている。

「フランスにも推理小説は……当然あるよね」

「はい。ジュール・メグレとかですね」

メグレと言われても俊介にはわからない。有名な推理作家なのだろう。

「叔父はチェスタトンというイギリスの作家が好きで、かれのフランス語訳が一番多いかな。日本の作家のものも、ずいぶんフランス語に訳されてますよ」

「へえ、そうなんだ」

「それで九州とか、京都とか、ちょっと勉強しました」

「へえ。北海道も出てきた？」

「いや」と言ってからジャン・ピエールは頬笑んで、

「北海道は、推理小説にはあまり向いてないかもしれないですね」

「どうして？　人間が単純だから？」と俊介は思いつきを言ってみたが、

「人間っていうより、古い家柄とか、大きな企業とか組織とか、あんまりないですから」

「そうか。伝統も資産もないからね。北海道を舞台にした推理小説って、ないのか」

「叔父の書庫にはなかったと思います。少ないんじゃないですか」

「でもそうすると、柚木しおりさんが函館を舞台にして書くのは失敗だということになる？」

「さあ、そこまでは。かえって稀少価値でいいのかもしれないけど」

「函館が北海道に入るかどうか、いろいろ説はあるんだけどね」俊介は急に友人の発言を思い出して苦笑した。

「え、そうなんですか？」

「ときどきそう言う人がいるのさ。函館は、まず気候が札幌とか道北・道東とぜんぜん違うしょう。冬になればわかるしょう。それに、函館だけは昔から内地の人がたと行き来あるから、言葉も東北の言葉に影響されてるし、意識もわりあい、内地に向いてるって言われるんだよね。自分ではそうとも思わないけど、たとえば大学行くのにも、札幌の大学行くくらいなら東京の大学行く、っちゅうんだよ」

「ええと、舟見さんは……」

「おれは逆に、東京出身で、札幌の大学だけどさ。さっきいた柚木渉は、東京でしょう。五年前に初めて会ったころなんか、ずいぶん東京弁しゃべってたもの。さっき聞いたら、だいぶこっちの言葉に戻ってたけどね。それから大久保登美子の息子の隼人、あいつだけは札幌の大学だったけど、訊いてみたら、東京の大学なんぼ受けても受からなかった、ちゆうんだね」

「なるほど」

「まあ、ざっとそんなとこかな。松崎正志は札幌出身で、東京の渉とおんなじ大学行って知りあいになったらしいけどね。ふだんは感じないけど、なんかあればこっちの人は東京に行きたがるわけさ。柚木しおりも、けっきょくそうなったしょう。これから新幹線できて、ますますそうなるんでないかなあ。したから札幌方面の人がたはカリカリするのさね、ははは」

「そう言えば、ぼくがいるカトリック教会も、建てられたのが日本で二番目に古いんだとかって」

「そうそう。昔からそうやって、内地と繋がってきたわけさ。だから北海道は推理小説がダメでも、函館だけはなんとかなるかもしれないって、へへへ」俊介はわざと手前ミソを言って笑ってみせた。

「ヒサオジュウランもいますしね」とジャン・ピエールが言った。俊介にはまた知らない名前だ。

「その人、函館出身？　推理作家？」

「推理小説だけじゃなくて、いろいろ書いてたみたいですね。末広町《すえひろちょう》の文学館に展示がありますよ」

「あ、まだ行ったことないんだ」と俊介は恥じ入るばかりだった。ジャン・ピエールは、日本の推理小説についてさえ、俊介の知識を軽く上回っているらしい。

けっきょくジャン・ピエールは俊介と一緒に湯ノ川署に戻って、しおりの小説三点とエッセイの掲載誌を紙袋に入れて借り出していった。

第六章　犯人検挙

1

ジャン・ピエールを連れ回した計三日間を振り返って、俊介には心もとない気持ちが残った。いくら事件の現場といっても、五年もたって、すべてが旧に復しただけでなく、その後さらに変化をとげつつある光景を見せられては、さしものジャン・ピエールも、ピンと来るものがなくて困ったのではないだろうか。柚木しおりの小説を借り出したのも、威勢のいい発言の裏で、じつは藁《わら》にもすがりたい心境にあったことを物語っているのではないだろうか。

今回はジャン・ピエールの活躍が見られないかもしれないと俊介は思った。五年も遠ざかった現状では無理もない。なにかもうちょっと手がかりが必要なのだ。五年前から事件にたずさわっているこちらが、かれの観察力、推理力を引き出せるような材料を、追加で発見することはできないだろうか。言い忘れていることがないだろうか。

俊介は三事件の書類を自宅へ持ち帰って——自分用の書斎どころか、机と椅子もないので——食卓に広げて点検をはじめた。智子《ともこ》がめずらしがって紅茶をいれてくれた。清弥子は大好きなジャン・ピエールに会ってきたと聞きつけて、俊介の膝に乗って詳しい話を聞きたがったが、ゆっくり相手をしている場合ではなかった。清弥子も小学生で、警察の仕事についてぼんやり理解しはじめているので、質問が増えてきた。訊かれるままに事件について話すわけにもいかない。

三日めの夜、大久保隼人が結婚したいと言って当時盛り上がっていた山口あかねと、函館の事件関係者で最初に知り合ったのが松崎正志であることに俊介の注意が向いた。あかねと松崎が意外に親しい関係だったとすれば、事件はどう見えてくるだろうか。あかねは隼人と結婚したがり、松崎は松崎で葉子ママを愛していたとして、それでも松崎があかねを——たとえば肉体関係を対価として、あるいは札幌時代の関係を機縁として——応援する、手伝うという可能性はあるのではないか。

しかも、大久保登美子を殺害すれば、あかねは隼人と、松崎は葉子ママと、自由に結婚できる見通しが立つ。二人の利害はその点で一致する。この利害に、かならずしも隼人が関与する必要はない。自分たちの結婚のためにあなたのお母さんを殺そうよと、あかねが隼人に持ちかけるのは、いくらなんでも野蛮な話だ。言い出せないし、言ったところで相手にもされないだろう。裏で松崎と通じていればこそ、あかねの野望は計算ずくで実行に移されたと考えることができる。――そんな想像をメモに取りながら俊介は一人興奮した。するると登美子殺害は、松崎とあかねの犯行だろうか。実際には松崎が手をくだしたかもしれない。それでも松崎一人ではあの商店街の舗道に凶器の包丁を捨てられないから、凶器をあかねに手渡す必要がある。そうか！　窓から玄関の庇へ張ったロープは、凶器を袋に入れて滑り降ろす装置だったんだ！　玄関付近でその袋を受け取ったあかねは、ロープを切断して袋を手に入れ、駐車場への往復の足跡を残し――足跡の体重を増すために、あかねは米を入れたリュックでも背負っていたのだろう――車に乗って去ったのだ。

あかねは運転免許証を取得しているが、車は持っていないはずだ。だれかが車を貸すか、運転手の役を果たしたのだろうか。気になるのは福岡龍平、あかねの函館での最初の恋人で、松崎を轢死させた須藤幹夫の友人だった美容師だが、福岡はアウディに乗っている。タイヤ痕が問題になったヴィッツでもアクアでもない。だが恋人でなくても、事情を知らないまま運転手を務めるぐらいのことはするかもしれない。

俊介は、あかねの周辺でヴィッツとアクアを、もっと徹底して探し出すべきだったと気づいた。範囲は函館の外かもしれない。明日にでも山形さんに相談しよう。

当面の問題は、松崎正志とあかねのひそかな関係を明るみに出すこと、そして五年前の三月二十二日夜のあかねのアリバイを確かめることだ。松崎との関係は、あかね本人から聞き出す以外にもう証拠はあがらないのだろうか。あかねの友人たちに、もう一度丁寧に訊いて回る必要がある。

アリバイについては——考え直してみれば——曖昧でないこともない。あかねは当夜、湯ノ川のスナックで隼人からの電話を待っていたが、九時半にその電話を受け、登美子社長の許可が出ないから、きょうのところは帰っていいと言われ、雪の中を徒歩で自宅マンション——湯川町の隣りの深堀《ふかぼり》町なので、大久保邸から徒歩十二、三分——まで帰ったと述べている。すぐ帰ったのは、気になるTVゲームがあったので続きをやりたかったという話で、それだけならアリバイが成立しないのだが、十二時ちょうどごろ、友人の坂下優《さかしたゆう》香《か》が電話をかけてきて、あかねが自室にいると知ると、もうちょっと飲みたいので今から友達と一緒に行っていいか、と言うので、いいよ、と答えて待っていたところ、優香たちは結局午前二時にやってきた。いざ出ようとしたら話しかけてくる男たちがいて、誘いを振り切るのに時間がかかったのだという。成り行きは自然だったし、優香たちに聞いた話もあかねの供述と一致していた。十二時に電話したときには、二十分後にはあかね宅に着くつもりでいて、まさか二時になるとは思っていなかったので、もう寝ちゃったかな、と話しながらチャイムを押した。優香はそう述べていた。

優香たちが十二時以降、いつ来るかわからないのをずっと待っていたから、あかねの自宅でのアリバイは成立しているように今まで思いなしていたが、この点に再考の余地はないだろうか。なにしろあかねのマンションから大久保邸やその先の駐車場まで、車なら二、三分なのだ。午前二時までのあいだに二十分程度も留守にすれば——車をどう調達するかは別として——駐車場からの往復の足跡を残しつつ、大久保邸でロープを切り、凶器の包丁を松崎から受け取って、商店街の舗道に捨てるぐらいのことはできるはずだ。雪がやんだ一時半、松崎から連絡を受け、もう優香たちは来ないと見限って、出かけた可能性はないだろうか。優香たちがもし来たとしても、玄関を開けておくか、「買い物をしてくるから少し待て」とドアに貼り紙でもしておけば問題はない。たまたま優香たちが来るのが二時まで遅れたために、実際にはその間二十分の空白があるのに、あかねがずっと部屋で待っていたとアリバイを主張できるようになっただけなのではないのか。

俊介は腕を組んで考え込んだ。今となってはこの可能性に賭けるしかない気がする。と同時に、どうして自分たちは今まで、この可能性を追求してこなかったのだろうと後悔した。あかねは単純で、大久保隼人か江差の地主のオヤジか、どちらかと結婚したいとひたすら焦っていて、それ以上の男関係を持っていると想像する余地はないように見えていたのだ。だから多少あやふやなところのあるアリバイも、友人の坂下優香から話を聞いて納得していた。

ジャン・ピエールが目覚ましい解決案を用意できなかった場合——おそらくできないだろうと俊介は見込まざるをえなかった——この松崎とあかねの共犯という線を出してみよ

う。いや、いつまでも考えあぐねているのは気の毒だから、こちらから電話して、この線を持ち出してみたらどうだろう。あかねと福岡龍平や須藤幹夫との関係は、それからあらためて洗い直せばいい。

俊介はなおしばらく腕を組んだままでいた。腕をほどくとすべてが幻に戻ってしまいそうな不安も腹のあたりでもやもやしていた。

2

翌日の午前中、ジャン・ピエールのほうから電話がかかってきた。若者の声には張りがあった。

「柚木しおりさんの小説とエッセイ、全部読みました。で、これが正解なんじゃないかと思う新しい仮説が、できたことはできたんですが……」

「え、それは山口あかねの線かい？」と俊介が思わず言うと、

「は？」ジャン・ピエールは意外そうな口調になった。

「違うの？」

「あ、山口あかね……ではないですけど」

「いいよ、だれだって」俊介はすぐに元気を取り戻した。

「どちらにしても、ジャン・ピエールの仮説なら、聞きたいよ」

「ところが五年前のことなので、残念ながら証拠が揃いません。そちらへうかがってから詳しくお話ししますけど、舟見さん、すみませんが、ちょっと出張して調べてきてもらえますか」

「行くよ、行くよ、どこだって」

ジャン・ピエールの言う出張先というのは東京だろうか。やはり柚木しおりが関係しているのだろうか。いや、しおりの夫の吉川新太かもしれない。吉川は弓島敦夫殺害事件の夜、京都で一晩過ごしたと主張していた。やっぱりそれを再調査するのだろうか。

俊介は約束した一時に、同僚の山形警部のほか、ジャン・ピエールを入舟町に案内してくれた西署の秋田警部補も呼んでおいた。

待つあいだに松崎と山口あかねの共犯の可能性について二人に話してみると、

「おまえにしては、いい線いってるんじゃないの？」山形がニヤリと笑ったので、俊介はうれしさを通り越して照れくさかった。

やってきたジャン・ピエールは高校生のような学生鞄を抱えていた。中からはいくつか付箋《ふせん》をつけた書類の束が出てきた。

「山口あかねの線ってなんですか？」ジャン・ピエールが俊介に屈託なく尋ねるので、俊介は前夜考えたことのあらましを話した。山形も秋田も真剣な顔で聞いていたが、ジャン・ピエールのにこやかな表情は変わらなかった。

「たしかに、一時半過ぎに二十分ぐらい空白の時間を作る余地はあかねにあったと思います。しかしその他の状況から判断して、仮にあかねと松崎正志が組んでいたとしても、あかねに協力させることは無理だったのではないでしょうか」と言うジャン・ピエールの口調は柔らかかったが、その可能性もすでに一通り考えたと言わんばかりの即答ぶりだったので、俊介は説明を聞く前から恥ずかしくなった。

「……それは……」

「はい、まず、その日の夜大久保登美子殺害計画を実行することを、松崎とあかねがいつ決めたのかを考える必要があります。当日、登美子社長の結婚の許可が出なかったら、その夜のうちに殺してしまおうと話し合っていた可能性は否定できませんが、松崎が携帯電話で決行の連絡をよこしたとして、それは深夜十二時を過ぎてからだったのでしょうか」

「それはどちらとも言えないけど……」

「凶器の包丁やビニール袋だけは、松崎があらかじめ携えていたとしても、あかねのほうにも準備が必要です。車も用意しなければなりませんし、二階の窓から張るロープも用意しなければなりません。松崎がバッグに入れてロープを持っていたとすると、喫煙やトイレのためにリヴィングを離れるときに、そのバッグを持ち出すのは不自然で目立ったでしょうからね。それは内部犯行者がだれであっても同じことです。ですからあかねは、車にロープを積んで、自宅近くにスタンバイして、松崎からの計画実行の連絡を待っていたことになります。松崎が大久保邸を訪れるチャンスは頻繁ではなかったようですから、二十二日の夜は大きなチャンスでした。そう思って待機しているあかねに、十二時を過ぎてから、すなわち実行の直前に松崎から連絡が行った、というのは考えにくいですよね。でも、もし十二時前、友人の優香が電話をかけてくる前に連絡があって、決行が決まっていたら、あかねは優香からの電話に出ないか、『もう寝るところだから』とでも言って、優香の訪問を断るかしていたでしょう。二十分の空白のあとで、出前を取るとか、友達に自分から連絡するとか、アリバイを確保するなんらかの方法を、あかねとしても考えてあったでしょうから、たまたま電話をかけてきた優香にアリバイを依存する必要はなかったはずです」

「そうすると、松崎からの電話は十二時を過ぎてからだった、と」

「はい、考えにくいけれども、まず優香からの電話が先で、話の流れで優香が自室を訪ねてくることに決まってから、松崎からの連絡があったと想定するほかなさそうですが、その場合はもっとおかしなことになるんじゃないでしょうか。つまり、優香が来ることになった以上、あかねは松崎に、『きょうの実行はやめてくれ、きょうはもうないと思って、友達に応対してしまって、これからその友達が訪ねてくる。留守にすると疑われるから』と言ったと考えられます。そういう話なら、松崎としても引き下がるほかない。二人の関係が秘密になっている以上、将来またチャンスはあるでしょうから、急な実行計画で危険を冒す必要はなかったと思われるのです。したがって、松崎の電話のほうがあとだとは、やっぱり考えられません」

「そうか。そうだねえ」俊介は山形と顔を見合わせて苦笑しあった。やっぱり、という気持ちだった。

「そんな細かい可能性も、ちゃんと考えてあるのかい？」と秋田が目を丸くし、全員をあらためて見やりながら言った。秋田がジャン・ピエールの推理に遭遇するのは初めてだった。

「いや、ぼんやりと思ってただけです。質問されたので、あらためて考えながら話してみました」

「すごいな」

「そうなんだよ」と山形。

「じゃあ今度は、ジャン・ピエールから正解を聞きましょう」と秋田が言うので、俊介は情けない顔で頭を掻くしかなかった。自分の頭の悪さには慣れているから、ショックではなかったが、これ以外にどういう線をジャン・ピエールが持ち出そうとしているのか、まるきり見当がつかなかった。

3

「単刀直入に言いますと、お調べいただきたいことは」とあらためて話し出したジャン・ピエールは、いつもの静かな口調に戻っていた。

「二つあるのですが、一つは簡単なことだけれども、今では調べがつかないかもしれないと思います」と言って、ジャン・ピエールは関係者たちの写真を何枚かより分け、

「五年前の三月八日、『ヤン衆飯店』近くのホテルに遠山という男が一泊しました。この男は弓島だったのではないかと言う従業員もいたけれども、そうではないと言う従業員もいて、曖昧なままになっていたと思います。そこで当時の従業員たちにこの人たちの写真を見せて、この中に当日の宿泊客がいるかどうか訊いてきていただきたいのですが、なにしろ五年前のことなので、覚えていないのではないかと思います」

秋田は西署に電話をかけて、当時このホテルを訪ねた刑事を呼び出し、すぐ調査にかかることになった。

「もう一点は、やや面倒だけれども、可能性がないわけではない記録の調査です。五年前の三月十六日に弓島敦夫の死体が自宅近くの雪の中から発見されて、二十一日に通夜が行われ、それに元妻の柚木しおりが出席していますよね。ところが当日は、函館出身のアイ

ドルグループのコンサートがあって、飛行機のチケットは非常に取りにくかったという話が出ています。そこで、最大で四日しか余裕がないのに、どうやって大混雑のチケットを取ることができたのか、それならまだ記録が保存されている可能性があるし、残っていれば証拠として使えるのではないかと思うのです。いかがでしょうか」

刑事三人はきゅっと口を結んでうなずきあった。

「やってみましょう」

「チケットの入手経路がわかれば……」

「はい、ぼくの予想では、弓島の遺体の発見の有無にかかわらず、しおりさんは二十一日に函館に来るために、早めにチケットを確保していたのです。そんなことをふと考えたきっかけは、こないだお会いした『はまなす』の葉子ママの発言でした。ママは『あたしがぐずぐずしてるうちにチケットが取れなくなっちゃって、大騒ぎ。しおりにすごく叱られて――』と話していたのですが、そこでしおりさんにさえぎられました。しおりさんは『ちょっと、今はせっかく、あたしの小説の話をしてくださってるんだから』とそれなりに自然な発言をしてさえぎったのですが、気になったのは、『しおりにすごく叱られて』という部分です。しおりさんは飛行機のチケットを早めに購入する習慣があって、しおりさんとしてはその習慣をぼくたちに知られたくない事情があったのかもしれない。そんなふうに感じたんです。だから彼女の二十一日のチケットは、弓島の遺体が発見される十六日よりも前に購入された可能性があるのではないかと――」

「ということは、弓島の遺体が出なくても、しおりは函館へ来るつもりだった、ちゅうことかい？」

「はい……」

「つまり、遺体が出なくても、弓島はもう死んだとしおりにはわかってた、と」

「そうではないかと思うんです」

三人の刑事たちは黙り込んだ。そんなに簡単に、これまでの捜査がひっくり返されるのだろうか。だがもしそれが事実なら、確実にひっくり返る。

「とにかく調べてみるべや」とやがて山形が言った。俊介ももちろん同じ気持ちだ。

「乗客名簿は今、コンピュータで管理してるよね。したら、記録残っている可能性大きいんでないか」と秋田警部補。

「そだね」

「裁判所の許可が要るな、おそらく」

「それは函館地裁の知ってる人に頼んで、なんとかしますよ」と俊介。

「それじゃ、とりあえずそれを調べていただいて、二、三日はかかるでしょうから、そのあいだに例によって、ぼくは話を整理しておくということでいいですか」

「んだね。今度はここに缶詰めになるんでなくて、ゆっくり神父館でやってければいいから」と山形。

「ただし、内密にね」と秋田。

「もちろんです」とジャン・ピエール。

ジャン・ピエールの天才ぶりを、山形と俊介以下湯ノ川署の面々は前の事件で痛いほど思い知らされたが、今回はどれも五年前の事件で、現場検証もなにもない中での相談なので、俊介としても期待のかけようがないと思っていた。それなのに今、決着がつきそうだとジャン・ピエールは言う。その具体的な証拠になるのが、しおりの航空チケットの入手の日だと。それならなんとしても突き止めねばならないと、秋田警部補に同行して俊介は東京へ行き、東京—函館便を運航している大手航空会社二社のデータベースセンターで、令状を見せながら頭をさげて、必要な情報を入手した。

その結果、しおりが五年前の三月二十一日に乗った函館行きの朝の便は、三月十日に購入されていたことがわかった。世間ではまだだれも、元夫の弓島敦夫が死んでいるとは知らなかった時期だ。にもかかわらず、しおりは函館にやって来ることに決めた。函館市内で働く弓島が何日も函館を留守にするはずもなく、偶然にせよ顔を合わせることを、しおりはもっとも恐れ、そのために東京へ逃避行していたくらいなのだ。来るという以上は、弓島がすでにこの世にいないと知っていたに違いない。

調査の結果をまず湯ノ川署で待つ山形に伝え、秋田は西署に伝え、それから俊介はジャン・ピエールに電話をかけた。

「やっぱりそうですか」

「これで全容解明の突破口になりそうかい？」

「なりますね。きょう中にこちらへお帰りになりますか？　それなら明日の十時に、湯ノ川署にうかがいます」

俊介はふたたび山形に電話をかけ、西署の刑事たちも詰めかけるだろうから、湯ノ川署の大会議室を予約してくれるように依頼した。

それまでのあいだに西署の刑事が十字街のホテルを訪ねたが、三月九日朝、遠山という客のチェックアウトを担当した従業員はすでに辞め、結婚して瀬棚《せたな》町に住んでいることがわかった。電話口で「もう覚えていない」と尻込みするのもかまわず、何枚か写真を持って刑事が瀬棚に向かったが、結論はやはり同じで、どうしても思い出せないとのことで、ただ事件直後に一度記憶を想起したので、かすかな記憶の痕跡は残っている。それを頼りに強いて言うと、この人だったかもしれない、と指さした写真の男は松崎正志だった。

4

「柚木しおりが三月十日に函館行きのチケットを購入したことは、弓島の遺体がまだ発見されないうちから、かれが殺されたことをしおりが知っていたことを意味する。つまり、犯人から聞いていたと考えられます。それで安心して、頃合いを見はからって二十一日に函館に行くことにした。弓島の遺体は崖から落としただけで、下には道路も住宅もありますから、発見がそれほど遅れると思っていなかったのでしょう。そうしたら、たまたま十六日に遺体が出てきて、二十一日には通夜が行われることになったので、それに合わせて帰ることを、あえて帰る口実に使ったのだろうと考えられます」

二度目になるし、準備の時間も長かったので、ジャン・ピエールは前に大会議室に大勢を集めたときより落ち着いていて、顔見知りの刑事たちに笑顔で会釈さえした。だが、刑事たちのほうにはそんな余裕はなかった。五年越しの事件の真相を聞くというので、それぞれ半信半疑から感無量まで、さまざまな表情を浮かべて黙り込んでいた。

「では、実際に犯行におよんだ人は誰なのか。現在までの捜査からではなかなか見当がつきませんが、しおりが四年後の去年になって、元夫を殺す話を小説に書いた点にぼくは注目しました。もちろんやり方も状況もまったく違うのですが、弓島が生きているあいだにしおり自身が感じたり考えたりしたこと、さらにはノートに書いておいたことが材料に使われたらしく、心理的には相当実体験に近い、つまり告白に近いというか、真相に近いことが書かれているように思われます」

ジャン・ピエールはいつのまにか、事件関係者を呼び捨てで呼ぶようになっていた。それだけこちら側の口調に慣れてきたのだろう。

「で、これを弓島殺害事件の真犯人が読んだらどう思うだろうか、というのが、ぼくの出発点でした。真犯人というのは、しおりの気持ちを汲《く》んで、実際に弓島を殺してくれた人がいた場合のことです。もしも自己防衛から発生した殺意と、それに対する支援、協力というものが、この事件の真相だとしたら、しおりに協力した犯人は、実際の犯行の動機部分が、いくら小説のかたちを取っているとはいえ、ここまで率直に書かれていることに困惑したのではないかと思います」とジャン・ピエールはテーブルから「神さまのおくりもの」が掲載された文芸誌を取り上げながら言った。

「つまり協力者である犯人は、こういうものを発表するのはやめてほしい、事件からまだ四年しかたっていないのだから、小説を発表した結果、間接的にでも、事件としおりの周辺があらためて注目されることになるのは不用心だと、異を唱えたのではないでしょうか」

それからジャン・ピエールは、もっとも肝心なポイントを発表するかのように、ちらりと着席の全員を見わたした。

「この点はさらに、しおりが今までに発表した三点の小説すべてに共通するパターンがあるために、もっと大きな問題になりえます。すなわち、弓島の事件がしおりへの協力としてなされたのだとすれば、殺人そのものにしおりが関与していないとしても、心情的には男一人と女一人の共犯関係が成立しているわけですが、しおりが発表した小説はすべて、この男一人と女一人の共犯関係のパターンを踏襲しています。第一作はストーカーに悩む女とその恋人の男、第二作は復讐心を満足させたい女とその女に惚れ込んだ男、そして第三作の長編が、夫を邪魔だと考える女とその兄を名乗った男で、いずれも殺人の実行役は男ですが、その動機や利益はおもに女の共犯者のものです。これこそが、しおりが作家として体験にもとづくリアリズムで小説を書くと言ったときの、もっとも基本的な筋立ての核心部分で、それがほとんど無意識だったと考えられるだけに、そこにこそ弓島殺害事件をめぐるしおりの実体験が反映しているのではないかとぼくは考えるようになりました」

無意識のパターン。何人かの刑事たちがうなった。そんな小説の読み方を初めて知らされたのだ。もちろん俊介にも初めてだった。

「このような共犯関係のパターンを毎回利用していることに、しおりが無自覚だったと判断する理由は、もし気づいていれば、パターンを変えただろうと考えられるからです。そうでないと読者が飽きてしまう心配がありますし、それ以上に、そのパターンをなぞりつづけることは、現実の事件に対する彼女の関わりを連想させて危険だからです。ちなみに、ぼくはそれほどたくさん小説を読んでいるわけではありません。フランスにいたころはバルザックが好きで、推理小説はシムノンを何冊か読んだ程度ですが、作家には往々にして、ついい引き寄せられて書いてしまう物語のパターンがあると聞いたことがあります。しおりの場合はこの、男の犯行と女の利益という共犯のパターンに、これまでのところ魅せられているようです。

だからこそ、弓島事件の実行犯の男は、このパターンに気づかずにはいられなかったでしょう。むしろしおりが、まるで自分たちの関係を警察に気づかせたいと願っているかのように、これでもかこれでもかと第一作から繰り返す共犯関係の形は、危なすぎて耐えられなかっただろうと想像します。ちょっと待て、不用心すぎると、ストップをかける声が共犯者の男からあがらなければおかしいとぼくは思いました。

それにもかかわらず、しおりの小説は続々と発表され、パターンは踏襲されていきました。こんなに大胆な展開がいったいどうして可能だったのか、どうしてストップがかからなかったのか、その背後に想定しうる真相は、二通りか三通りに限定されてきます。一つ目は、しおりは弓島殺害事件とはまったく関係がなかった、という線ですが、これはほかに有力な動機や容疑者が浮かんでいませんし、男女の共犯にこだわりつづけるしおりの心理にも対応しませんので、とりあえず無視することにします。

二つ目は、不用心だと犯人が難色を示し警告を発したにもかかわらず、しおりがどうしても小説を発表しなければならなかった、という場合です。そうなるとしおりには——あるいはしおりと犯人の両方には——不用心を覚悟の上で、なお小説を発表するだけのメリットがあった、ということになります。しかし、この種の小説を発表することにメリットがあったとすると、それが売れること、評判になること、続編を発表しやすくなること、要するに推理作家としての地位をつかむこと以外には考えられません。

ではしおりは、なりふりかまわず推理作家になりたかったのでしょうか。エッセイなどから判断すると、どうもそうではありません。それでは結婚相手の編集者、吉川新太が、彼女をどうしても作家としてデビューさせたかったのでしょうか。それなら考えられると思いました。妻のしおりが推理作家になって成功すればするほど、編集者である吉川にさまざまな利益をもたらすことは簡単に想像できます。だから吉川は、多少の不用心を押してでも、しおりに小説を書くように励ました——さらには手伝いさえした——かもしれません。

ただしそれは、吉川が函館へ行って弓島を殺害した場合には、納得のいく筋書きになりうるでしょうが、かれは当日京都にいて、函館へ行くことは不可能でした。吉川は翌九日の朝八時に京都の喫茶店に現れていますから、どうやっても犯行は無理だし、弓島がこっそり京都や東京へ行くのも無理だと、ぼくとしては諦めざるをえませんでした。真犯人は吉川ではない。

となると、たちまち問題が元に戻ってしまいます。しおりが小説を書きたがり、吉川がそのことに賛成して励ましたとしても、犯人が別にいるのであれば、しおりはその犯人に、『神さまのおくりもの』のような不用心な小説を発表することを、ましてやその後も男女共犯のパターンを踏襲しつづけることを、反対されたのではないでしょうか。多少の不用心は我慢するように、たとえばお金を払って説得したのでしょうか。もともとその犯人がしおりのために弓島を殺害したのだとすると、両者のあいだには金銭のやりとりがあったのでしょうか。しかし、しおりにも吉川にも、事件の前後に大きな現金の移動はないという報告があります。そうなると、犯人がどうして小説の発表に反対しなかったのか、ますますわからなくなります。

たった一つ、犯人が反対しなかった理由としてぼくが考えついた条件は、犯人がすでに死亡しているので反対できないし、実行犯が死亡している以上、しおりも安心して自由に小説を書けたのだ、ということでした。これは現実に起こったこととぴったり符合しますので、ぼくは瞬間的に、これが正解じゃないかな、と思いました。まあここまでは、だれでもすぐに思いつくことだと思います」と言って、ジャン・ピエールはいったん言葉を休めてペットボトルの水に口をつけた。

会議室には西署から来た連中を合わせて百人近い刑事たちが詰めかけていたが、今は静まり返って、ときおり隣りと顔を見合わせるだけだった。ジャン・ピエールの話が「だれでもすぐに思いつくこと」でないことは明らかだった。

「さて、しおりの周囲には、二人の死者がいます。大久保登美子と、松崎正志です。このうち登美子は、女性なので弓島をバットで殴って殺すには無理がありますし、事件の夜には柚木渉と一緒に十時から十二時まで五稜郭の料亭にいたことがわかっていて、さらにそのあと朝まで渉と一緒にいたということなので、アリバイも成立します。もちろん、しおりを手伝ったのが兄の渉であるという想定は、渉が生きている以上しおりの創作活動に影響を与えますから、成り立たないと見るほかありません。そこで残る松崎のほうに焦点を絞ってみると、松崎は十時過ぎ、すなわち弓島が『ヤン衆飯店』を出たのとほぼ同時刻に『はまなす』にあらわれて、十二時までそこにいましたから、やっぱりしっかりしたアリバイが成立しています。

ところが、弓島の解剖報告書をよく読んでみると、解剖の結果としての死亡推定時刻は三月八日から九日までの幅があって、八日の午後十一時から十二時というのは、十時過ぎまで『ヤン衆飯店』にいた弓島の胃の内容物、ビールと餃子の消化状態から推定された数字にすぎないことがわかりました。そうであるなら、弓島が十時以後もしばらく生存していて、数時間後にあらためて同じビールと餃子を食し、そのおよそ一時間後に殺害されても、解剖の結果は同じになると考えられます。『ヤン衆飯店』の餃子とビールは弓島の好物だったようですから、しばらく時間をおけば、むしろありがたがって口にしたでしょう。そうなりますと、十一時から十二時のあいだにアリバイがあっても、その後たとえば二時から三時にかけてアリバイがない人物であれば、犯行が可能だったことになるわけです。『ヤン衆飯店』の餃子は午前一時まで持ち帰り用に販売していますし、ビールはどんな銘柄でも大差ないでしょうが、『ヤン衆飯店』で出しているものを調べておけば、犯人にとってはますます安心だったはずです。

そんなふうに考えるようになった根拠は、十字街のホテルの従業員の証言でした。従業員によれば、弓島は遠山という名前で、午後十時ごろ外出先から帰ってきてカードキーを受け取り、部屋に入ったとのことでした。ところが翌朝チェックアウトしたのは、朝の従業員によって別人だったと記憶されています。したがって、弓島が犯人の指示を受けて、犯人があらかじめチェックインしてフロントにキーを預けておいた部屋に、先に入って待っていたことが考えられ、犯人はその後部屋に行き、話をしながらあらためて弓島に『ヤン衆飯店』の餃子とビールを食べさせたことが考えられます。つまり『ヤン衆飯店』にいる弓島にかかってきた電話は、犯人が弓島に、そちらへは行かれなくなったが、今夜のうちにぜひひとも会いたいから、自分がチェックインしたホテルに、先に行って待っていてくれ、という内容のものだったはずで、部屋の番号と遠山という名前を教えました。犯人は十二時ごろまでアリバイを作ってから、十二時過ぎにはフロントを通らずにホテルの部屋に行って弓島と対面します」

秋田が片手のコブシを反対の手にパチンと打ちつけた。俊介が見やると、秋田は感きわまったように何度もうなずいている。

「さて、その後あまり時間がたって朝になってしまっては、弓島も翌日の勤めがあるし怪しむでしょうから、せいぜい午前二時か三時までのあいだだと思いますが、こうすることによって、弓島の生存を数時間引き延ばすことができます。その間、犯人は自分としおりの関係を適当にでっちあげて話しながら、弓島が東京に来る日程なども相談したのでしょう。もともと犯人が弓島とどうやって連絡を取るようになったのか、それははっきりわかりませんが、柚木しおりの体験的小説『神さまのおくりもの』には、次のような一節があります。『牧本は雄介の前で、あづさに突然別れ話を持ち出されて腹を立て、リベンジを望んでいる男を演じていた。交際中に聞いていた昔の話を手がかりに、雄介の勤め先を調べたと言うと、雄介はそのままそれを鵜呑みにした』――これと似たようなことが、犯人と弓島のあいだでも起こったのではないでしょうか。犯人はまず弓島の会社へ電話をかけ、本人から携帯電話の番号を聞き出し――そこまでは証言から確かめられていますね――『ヤン衆飯店』で待ち合わせて、しかるのちに言い訳をしながら、ホテルの自室に弓島をおびき寄せました。それから頃合いを見はからって弓島を送って行くと言って車に乗せ、入舟町の自宅近くで降ろして自分も降り、背後からバットで殴りかかったと想像されます。車を降りてから自宅まで十メートルあまりだったので、弓島はコートのフードをかぶらなかったのでしょう。ただし犯人は、車で送っていった事実をできるだけ隠蔽《いんぺい》したいために、死後弓島のコートのフードをかぶせておいたと考えられます。そうしておいて、死体を崖から投げ落とすと、あたりの雪をならし――これはもちろん、発見を数日間遅らせることによって、死亡推定時刻を曖昧にするためです——あとはホテルに戻って翌朝チェックアウトするだけでした。ですから、チェックアウトしたのはもちろん弓島ではなく犯人です。翌朝の従業員が、遠山という名前の客の顔をかろうじて覚えていてくれたのは、ぼくにとってはありがたい掩護射撃になりました」

秋田のさらに隣りで、瀬棚まで出張して従業員に会ってきた若い刑事がニコッと笑ってうなずいたのは頰笑ましかった。

「十一時から十二時までならともかく、午前二時、三時となると、関係者のアリバイはだれも詳しく調査していませんから、今となってははっきりさせようがありません。ですが、第一におそらく死者であること、それから弓島を襲った腕力と、弓島とホテルで入れ替わったトリックの可能性から、おそらく男性だという条件を考えると、該当するのは松崎正志だけであるという結論になります。それでは、松崎はなぜしおりのために弓島を殺害するところまで行ったのでしょうか。かれはしおりと、秘密の愛人関係にあったのでしょうか。それがいちばんわかりやすい説明ですが、可能性は低いようです。しおりは弓島が死ぬ前から編集者の吉川新太と親しくしていたようですし、一方松崎は葉子ママと親しく、少なくとも一時的に結婚を考えていたことも知られています。松崎は真面目で一本気な人だったようですから、その陰でママの友人であり従姉妹同士でもあるしおりと愛人関係になっていたとは、考えないほうがよさそうです。

ただし、事件が起こる直前の時期、二〇一二年の十一月ごろに、松崎が東京にいるしおりに会いに行ったことは、考えられなくもありません。葉子ママはその時期、ほとんど誰にもしおりの東京での住所を教えませんでしたが、人に頼んでしおりの様子を見てきてもらったと述べています。それが葉子にとって信頼のおける人だったことは間違いないですから、恋人だった松崎だったとしても不思議ではありません。ちょうどそのころ、松崎は社長の命令で、東京に出張させられることになりました。それを知った葉子が、ついでにしおりに会って様子を見てきてくれ、と頼むのは、葉子と松崎の信頼関係を前提にすれば、十分にありうることだと考えられます。

おそらくそのときに、つまり事件の前年の十一月ごろ、松崎は東京で、しおりの口から詳しく、弓島のストーカーぶりと、しおりがいかに困り果て、不安におびえているかを聞いたのだと思います。松崎は、一つには義《ぎ》侠心《きょうしん》に駆られたのでしょう。そんな男はおれが殺してやろうかと、しおりに提案することになります。以後は電話連絡などで、時間をかけて決意と計画を固めていったと考えられます。

ところで松崎からそんな提案がなされたら、しおりはどう反応するでしょうか。断るでしょうか。あなたがどうしてそこまでしてくれるの？　と尋ねるでしょうか。あなたにはそんな義理はないのだから、無理しなくていいよ、頼むなら兄さんに頼むから、と答えるでしょうか。詳細はわかりませんが、いずれにしても素直に考えれば、いくら義侠心からとはいえ、人をあやめる提案が、それほどすんなり受け入れられ、実行されるものではないでしょう。

ところが結果から見ると、松崎の提案は受け入れられた、というか、ぼくは直線的にその方向を追及していくことになりました。松崎の親切過ぎる提案が受け入れられるためには、どういう条件が必要だったのか。結果から振り返ると、そこには交換条件があったと想定するのが自然です。金銭のやりとりはどうやらなされていないのですから、松崎が弓島を殺害するかわりに、しおりがなにか、松崎のしてほしいことをする。ただし肉体関係のことではありません。それだと話が振り出しに戻ってしまいます。その後起こったことから逆算すると、松崎が個人的に抱えつつあった殺害計画を、しおりが手伝うことによって松崎を安全圏に連れ出す、そういう計画が、二人のあいだで持ち上がったのだと考えていいでしょう。つまり松崎は、かねて大久保登美子社長を殺したかった。それを安全にしとげるために、しおりが函館に来て手伝ってほしい。そういう条件で、松崎は弓島を殺害する。そういう条件なら、ほとんど五分と五分で、互いの利益を享受することができるはずなので、信頼関係が犯罪を通じて確立することにもなります。

ですから、松崎が弓島を殺害した主要な動機は、大久保登美子殺害をしおりに手伝ってもらうため、ということになります。これが当時の状況や人間関係から導きだされる、もっとも合理的な解釈ではないかとぼくは考えました」

5

「大久保登美子の殺害事件そのものに関しては、主犯が松崎であり、共犯者がしおりだったと仮定すれば、ほとんどつけ加えて説明することはありません。二人の共犯関係は、松崎が引き受けた弓島敦夫殺害事件を基盤にして成り立っていました。登美子を殺し、時間を決めておいて二階の窓を開けると、しおりが下からロープを投げる。松崎はそれを窓の手すりに結びつける。もちろん、外部からの犯人が窓の外をロープ伝いに逃げたと思わせるためです。タバコを喫う合い間に、こっそり二階へあがって犯行におよんだのだと思いますが、手ばやく行動すれば全部で五分もかからなかったはずです。

現場の旧大久保邸をこのあいだ見せてもらったとき、犯人が二階の窓からロープを斜めに張って、それを伝って降りてこようとすると、階段脇に窓があるために、リヴィングの側から直接見えてしまうことに気がついて、それではわざわざ苦労してロープを張る理由はないと、ぼくには思えました。男たち三人が寝静まるのを待って、こっそり階段を降りて帰っていくのが、手間もいらないし確実であるわけで、ロープは万一のときの逃走用だったかもしれませんが、万一のときでもないのに実際に使うには危険すぎるし、かえって準備やパフォーマンスが難しい——なにしろ音をたてないようにロープにぶらさがって、壁に足を触れずに降りるだけでも大変ですから——というわけで、変だ変だと思っていたのです。これは犯人が外部へ逃げたことを匂わせるためのカモフラージュの一つだと確信できたとき、さもありなん、と納得しました。松崎の発案だと思いますが、いかにもその場で切断したように思わせておいて、二つのロープを二階の手すりと玄関の庇の支柱にそれぞれ結びつけておくとは、よく考えたものだと思います。だって、切り離した状態で発見されるなら、あの現場で切断する必要はないですからね。二階から下まで垂れる長いロープと、庇に結びつける短いシッポとを最初から用意しておけば、階段の途中の窓からも見えないし、好都合であるわけです。

さて、しおりのほうは大久保邸の内外の雪の上に足跡を残し——男の靴を履いて、十キロ程度の荷物を背負い、多少とも大股で歩かなければならなかったので、それなりに骨の折れる仕事でしたが、ゆっくりやればできないことはありません——開いた二階の窓へロープを投げ上げて松崎に摑ませ、松崎がロープに結んで降ろしてきた包丁——スーパーのレジ袋にでも入れておいたのでしょう——を受け取ると、ロープの短いシッポのほうを、玄関の庇の支柱に結びつけて、大久保邸を去ります。あとは駐車場まで歩いていって、車に乗ると、さらに三十メートルほど先に包丁を投げ捨てます。外部犯行説を確実にするためです。

ここで問題になるのは、しおりの足跡の始まりと終わりがどうなったかです。足跡は大久保邸から五十メートル南に行った駐車場付近から始まり、そこへ戻って終わったわけですが、その駐車場を出ていった車のタイヤ痕に、不審なものがあったのかどうか、はっきりした結論は出ていません。たとえば「湯の浜ハイツ」に住むボーイ職の男が、しおりの運転手役を引き受けたと考えることができるのかどうかもはっきりしていません。つまり駐車場から先、足跡を残した犯人がどうやって逃走したのかがわからない、という湯ノ川署の捜査陣が突きつけられていた問題に、ぼくも直面することになりました。

ただし、この外部の犯人――というより、共犯者あるいは協力者――がしおりであると仮定し、実際の犯行が大久保邸内で松崎によっておこなわれたと仮定すると、ごく自然に付随する仮定がもう一つ生じてきます。しおりは函館に滞在しているあいだ、頻繁に葉子ママのところに泊まっていたのですし、葉子は松崎と親密だったのですから、二人の計画を葉子が知ることになって、せっかくなので手伝うことになった、という仮定です。葉子としおりは、大久保邸事件の夜は、店が終わってから二人で葉子の家へ帰ったと証言していますが、実際には葉子がしおりを送ってきて、駐車場の脇に車を停め、しおりは駐車場を利用したように見せかけながら大久保邸に行って必要な仕事をしてきた。予定どおり血のついた包丁を手に入れて戻ってくると、そのあいだ大久保邸手前の離れたところに駐車して待っていた葉子が、また駐車場脇でしおりを拾う。しおりは途中で包丁を放り投げ、それから二人で青柳町に帰宅した、と考えることは、難しいことではありません。二時前ごろ大久保邸の手前に駐車された車は目撃されていますし、犯人の足跡が立ち止まった場所から、路上の車に乗り込むことが可能であることは、ぼく自身が現地で写真と一緒に確認しました。

この事件のわかりにくいところは、邸の内部に真犯人がいて、その存在を目立たなくするカモフラージュのために、外部共犯者が二人も存在するという点でした。しかし、弓島敦夫殺害事件がしおりにもっとも大きな利益をもたらしていることや、さらに松崎と葉子の親密な関係を考慮に入れると、そんなふうに共犯の輪がすこしずつ広がっていったのも、かえって自然なことのように思われました。

ただし、大久保登美子殺害事件は、最初から三人の共謀ではなかっただろうと思います。あくまでも最初は松崎としおりの約束として、しおりが函館に来て松崎の犯行を手伝う、という計画だったはずです。考えてみると、その手伝いの内容は、足跡を残したり、ロープを支柱に結んだり、凶器を捨てたりするだけですから、松崎が葉子に相談していれば――賛成するかどうかは別として――葉子にもできないことではなかったはずで、葉子が手伝ってくれるのなら、わざわざしおりを函館に呼びつける必要もなかったかもしれません。

では、松崎は相談したけれども、葉子が賛成しなかった、という事情があったのでしょうか。最終的に葉子は、しおりの運転手として、犯行の痕跡がいっそう曖昧になるように二人を手伝っているわけですから、葉子は松崎の相談に賛成しなかったのではなく、最初から相談されてはいなかった公算のほうが大きいように思われます。実際、最初に弓島敦夫が殺されたとき、葉子は捜査に対して協力的で、弓島としおりの結婚と離婚の経緯を詳しく語りました。それも弓島殺害が自分の恋人である松崎の犯行であるとは夢にも思わないでいたからで、もしあの時点で真相を知っていたら、葉子の口ぶりにもっと逡巡《しゅんじゅん》が見えていたでしょう。

だから、最初からこれは松崎としおりの二人だけの約束だったのだとぼくは考えました。その結果としてしおりは、弓島敦夫が死んだと松崎に伝えられてすぐ、三月十日に、二十一日のチケットを予約したのではないでしょうか。なぜなら、今度は自分が大久保登美子殺害を手伝う順番なので、二十一日過ぎなら頃合いもいいと考えたのだと思います。さっきも言いましたが、雪が遺体を隠すと言っても、崖から転がしただけのことだし、もう三月の中旬でしたから、そんなに何日も見つからないとは思わなかったのでしょう。予想に反して、弓島敦夫の遺体の発見に一週間以上もかかってしまい、それは死亡推定時刻を曖昧にするためには好都合だったのですが、それからあとの予定が、多少窮屈になってしまいました。ちょうどしおりが帰る日に弓島の通夜が行われたことは、もちろんちょっとした偶然でした。

ところで、二十一日にしおりが帰ることを、葉子は直前まで知らされていなかったようです。捜査本部が十八日ごろ、弓島殺害事件について葉子に事情を聞いて、しおりさんの連絡先を尋ねたとき、知っていれば葉子は当然、「あら、しおりちゃんなら二十一日に帰ってきますけど」というようなことを言ったはずなのですが、そういう発言はなく、西署の刑事さんはしおりに電話をかけて、本人の口からその件を聞くことになりました。そういう点から考えても、やはり松崎は最初しおりと二人だけで大久保登美子殺しを実行するつもりだったのだと思います。葉子は二十二日当日、あるいは前日にでも、計画について聞かされ、あわせてすでに行われてしまった弓島殺しについても聞かされて、もちろん衝撃を受け、それから考え直して協力を申し出たのだと思います。そうした流れが、登美子殺しの事件に対する参加の度合いに影響を与えています。

ここで、松崎が大久保登美子を殺害するに至った動機を整理しなければいけませんが、本当のところぼくにはそれがもう一つよくわかりません。まず、松崎と葉子は相思相愛でした。二人の信頼関係が深いところで安定していたことは、当時――つまり松崎が亡くなるまで――二人がなかば同棲していたことからもわかりますし、葉子が松崎にしおりの東京の連絡先を教えたことからも想像がつきます。

つい三日前まで、ぼくは葉子の松崎に対する気持ちの強さを疑っていましたが、なにか根拠があってというより、葉子も真剣だったと考えたほうが、全体のつじつまが合うと言いますか、解釈に整合性が出ると思い直すようになりました。どうもぼくは、人間研究をしていつもりでも、肝心なところで解釈の駒のようにしか人を見ない傾向があって、そういうところは反省しなければならないと思っています。

さて、社長である大久保登美子は、社員が水商売の女性と結婚することを許可しませんでした。会社の評判に悪い影響をおよぼすと考えていたようです。そういうわけで息子の大久保隼人も、ホステスの女性との結婚を許されませんでした。ただし葉子の場合には、登美子社長自身が彼女のお客さんであり、松崎の雇用者でもあるので、葉子は水商売のベテランとして、社長の意見、松崎の立場、それらをよく理解していたはずです。葉子のほうから結婚したいと打ち明けることも、なかっただろうと思います。葉子としては、二人の関係は現状のままでしかたがないと思っていたのでしょう。

ところが松崎は一途な人です。なぜ自分と葉子の結婚が認められないのか。それは理不尽ではないかという思いが次第に高まっていきます。おまけに仕事のしかたについても、松崎の人情味ある交渉の態度は、社長に軽蔑され、どやしつけられ、松崎の胸中には憤懣《ふんまん》が積もり積もっていただろうとも想像されます。ただ、それだけだったら、そうした憤懣は爆発の機会をもたなかったかもしれません。実際そうした憤懣の状況は、過去二年間ほど膠着状態にあって、松崎は葉子とひそかな関係をつづけていました。

その爆発の機会が、たまたま東京でしおりのストーカー被害のことを聞いた瞬間に訪れました。松崎の心境が変化したわけです。どうしてなにも悪くない者が、びくびくおびえて暮らさなければならないのか、とストーカーに対する憤激の思いを口にしたとき、それは自分についてもあてはまるではないかと、松崎は思ったことでしょう。たまたま社長が許さないから好きな相手と結婚できない。たまたま社長が不人情だから、自分のような――ほんらい間違っているはずのない――人情味のある仕事のしかたを否定される。その結果、自分だけでなく周囲の人たちまでが被害を受ける。登美子社長のワンマン的なふるまいが、弓島敦夫のストーカー行為と、ほとんど同等のものに見えたのかもしれません。そこから交換条件が、つまり、自分は弓島を殺す、だからしおりも函館に来て、自分が社長を殺すのを手伝ってほしいという話し合いが、芽吹いたのではないかと、基本的にはぼくはそう考えています。

そうは言っても、松崎の憤懣は大久保不動産を辞めてしまえばすむことです。なんであんな社長のためにおれが会社を辞めなきゃならないんだ、と開き直ることもできますが、人殺しをするよりは、明らかに穏やかで妥当な解決策だっただろうと思います。葉子との結婚にも障害はなくなります。葉子も落ち着いた人ですから、殺人よりは辞職に賛成したに違いありません。

その点を考えると、松崎はあまりにも一本気で、不正やわがままを許さない、硬直した正義感の持ち主だったのかもしれません。その正義感が、立待岬でもつい発揮され、最終的にかれに死をもたらしたことは気の毒でした。ただ、ここで一つ気になるのは、松崎が担当していた土地の買い取りの件で、土地所有者である宮崎忠男の娘、静江について、なにか宮崎を脅して言うことを聞かせる材料を、登美子社長がひそかにもっていたらしく思われる点です。宮崎が話してくれなかったのでそれきりになっていますが、そこに登美子社長が商売に関して心底非人間的であることを証明するポイントがひそんでいるのかもしれない。そうだとすれば、松崎が個人的に会社を辞めただけでは解決にならないし、放置しておけば宮崎の一家に大きな悪影響を与えることになる、そういう問題だった可能性があります。それを登美子社長から聞かされて、そんなものを商売の材料に使えというのなら、社長を殺すしかない、と松崎が思い詰めたのではないか、そう思わせる余地があるわけです。……ですがまあ、この件はそれ以上わかりませんし、あとでじっくりお調べいただくのがいいかもしれません。ぼくとしては、犯人たちの動機や心理状態が今ひとつよくわからないままに、犯行の物理的、論理的な可能性をとりあえず追及してみたわけですから、それで満足すべきなのでしょう」

6

それについては、やがて柚木しおりが語ってくれたし、のちに宮崎静江自身の口からも聞くことができた。

宮崎忠男の一人娘静江は、宇賀浦町に住んでいた中学二年の時分、学校の帰り道少年に話しかけられた。仲のいいクラスメイト大野沢愛美の兄だったので、愛美の家で顔を見たことがあった。妹が夕方遊びにきてくれと言っている、と兄さんは言った。昼間愛美はそんなことを言ってなかったので、不思議だな、と思ったが、うん、いいよ、と返事をして、いったん帰宅してから愛美の家に向かった。

玄関に出たのは兄さんだった。妹はまだ帰らないから部屋で待っててくれ、と言う。愛美の部屋には何度か行ったことがあるので、わかった、と言って階段をあがって部屋に入った。すると兄さんも一緒に部屋に入ってきた。家の中はほかに誰もいないらしくて静かだった。

気まずい沈黙の時間がしばらくあったあと、兄さんは静江を強引にベッドにすわらせるといきなり抱きしめてきた。やめて、とかなにするの、とか抵抗しているあいだに、兄さんはスカートをめくって静江のパンツを脱がせはじめた。静江の抵抗が必死になっていく。兄さんはいつのまにかズボンとパンツを脱いでいる。なにも言わない。無言が静江の恐怖を倍増させた。

静江の脚のあいだに兄さんが割り込んできたとき、静江はありったけの力を込めてつま先を兄さんの腹に当て、押すように蹴り上げた。反動で兄さんは部屋の向こう側へ仰向けに倒れていき、妹の勉強机の角に後頭部をぶつけた。痛えーっと言って横向きになる。起き上がった静江はなにが起こったかわからず、兄さんの様子を呆然と見ている。

するると階段に足音が聞こえ、兄妹の父親が部屋のドアを開ける。びっくり仰天するが、下半身裸で転がって頭を抱えている息子と、髪を乱し、下着をはぎ取られてベッドの上でおびえている静江を見れば、なにが起こったか見当はつく。父親は一度二度、息子の名前を呼ぶが、息子がもう返事ができないどころか、畳の上に失禁しはじめたので、あわてて階段を戻っていって電話で救急車を呼ぶ。

二階に戻ると、うちのが静江ちゃんさ襲いかかったのかい、と父親は言う。静江はうなずく。そしたら、静江ちゃんはなんも悪くないね。うちのが勝手に転んで、打ちどころ悪かったことにするか。ね、と父親は言う。そうでないと、変な噂を立てられても困るしね。静江ちゃん、もう帰ったほうがいいな。愛美はきょう母親と一緒におばさんのとこへ泊まりに行ったんだよ。おれも遅くなるはずだったけど、外回りでここ通ったから、ちょこっとビールでも飲むかと思って、入ってきたとこだったんだよ。したら階段の上からものすごい音するから、泥棒でないかと思ったくらいさ。静江ちゃん、もう帰ったほういいよ。救急車こないうちにさ。帰れるかい。服はそんなにやぶけてないから、あと髪直せば、だいじょうぶでないかな。こいつにはまたあらためて、しっかり謝りに行かせるからさ。ね。おれのうちはこったこと、許すうちでないんだよ。あとでしっかり、おれもついて謝りに行くから、きょうはこのまま帰って、なんも知らないふりしてたほういいんでないかな。

父親の提案にしたがって静江は帰宅することにした。外へ出ると、兄さんの友達の高校生の男女が立ち止まって話しているところだった。にやにや笑いながらこちらを見た気がしたが、かまわずに走り出した。救急車のサイレンが聞こえてきた。

愛美の兄さんは、けっきょく静江のところに謝りに来なかった。父親も来なかった。二日間人事不省がつづいたあと、兄さんは死んでしまった。家の中の事故として、小さな新聞記事が出た。

翌日から静江は風邪をひいたことにしてしばらく自室に籠もっていたが、けっきょく自分一人の胸にしまっておけなくて、泣きながら母親に話した。母親は静江をなぐさめ、おまえは悪くないと繰り返し、そうだ、来年には赤川町のお祖父ちゃんのところへ越さないとなんないと思ってたけど、気分転換に来月でも引っ越しするか？　と言った。もうここにはいたくないべさ。赤川に行って、なんもかも忘れることにしたらいいんでないの、と母親は言った。近所の噂になることを避けたかったのかもしれない。

こうして静江はしばらく学校を休んだのち、赤川町に引っ越して転校もしたので、故人の妹である愛美とも、その両親とも、二度と顔を合わせることはなかった。静江は恐怖の体験について、自分にスキがあったからではないかと自分を責める気持ちにもなり、男と話すのを極度に嫌がり、一心不乱に勉強して札幌の国立大学に入学した。好きだった英語を生かそうと、英語教育を専攻して大学院で高校教員の資格も得た。外国語は身の回りの現実を忘れさせてくれる魅力があった、と静江は語った。

宇賀浦町には噂が立たなかった。兄妹の家から帰宅する静江を見かけた男女の高校生は、あとになってから二人で、あの救急車と静江の出現のあいだには関係があるのではないか、あったとすればレイプまがいの暴力だったのではないかと話し合ったが、高校生が中学生を襲って撃退され、死んでしまうというのは考えにくいし、第一それでは故人にとってあまりにも不名誉だから、考えないようにしよう、と男子高校生は提案した。女子高校生は、そうだね、と同意したが、やがて仲のいい友人にこの件をなんとなく打ち明けた。その打ち明けた相手が当時の大久保登美子だった。登美子は宮崎静江のことを知らなかったし、もう宇賀浦町には住んでいないので確かめようもなかったが、故人である兄とはゲームセンターなどで遊んだことのある仲なので、宮崎静江という名前をなんとなく記憶にとどめることになった。

三十年以上たって、社長となった大久保登美子は、目をつけた土地の所有者、宮崎忠男の自宅へ挨拶に行ったとき、たまたま居合わせた同年配の女が娘だと聞いて、静江という名前を確認し、この娘が昔小耳にはさんだレイプ事件の被害者かと思い当たった。静江から見てあの事件は、みずからの犯罪でも非行でもなく、隠し立てすべきことなどないといえばないが、それでも現職高校教師の過去として、スキャンダルではありうる。それをちらつかせれば、老いた父親は取り引きに応じるのではないかと計算し、担当者である松崎正志に伝えた。いいかい、脅すんでないよ、遠回しにやんないばダメだからね、と登美子は言ったという。言うこと聞かなかったら全部ばらす、なんて言ったらダメなのさ。この話が札幌で漏れたら、娘さんも、迷惑するんでないですかねえ、ぐらいにしとくんだよ。あとは宮崎のオヤジに、じっくり考えさせればいいのさ。

松崎が葉子にそれを語ったのは、三月二十一日、葉子のマンションで、松崎としおりが食事をした夜だった。翌日の登美子殺しの計画を、松崎は葉子に話した。犯行はしおりさえ手伝ってくれれば、自分がなんとかうまくやれると思う。当然ながら葉子は、どうしてそんなこと、しなきゃならないの？　とおびえながら尋ねた。弓島だけならともかく、大久保社長まで……。一つには、おまえと結婚するためだよ、と松崎は言った。あの社長が生きてる限り、おれたちは結婚できないんだからね。だけどそれだけでないんだ。社長のせいで、人生を台無しにされかかってる一家があるんだよ。一家のほうはなんも悪くないのに、それ脅しのネタに使って、土地巻き上げようって魂胆なんだ。今さらおれ、知らん顔して逃げるなんてことできないんだよ。わかるだろう、それがおれの性分なんだ。

話を聞いて、葉子は無理やり納得させられた。しかたないわね。そしたら、あたしも共犯ね。松崎はその言葉に驚いたが、葉子は、いいの、知ってて黙ってたら、どうせ共犯になるんだもの、と言った。わかりました。あなたと一緒になるなら、その覚悟しろってことね。いいわ。弓島殺してくれて、しおり助けて、こうして函館に帰ってこれるようにしてくれたんだものね。もう一つの件は、あたしも手伝わせてもらうわ。……

7

ジャン・ピエールはペットボトルの水をゆっくり飲むあいだ声を休めていたが、やがてまた話し出した。

「ここで柚木しおりの二つ目の小説『はんかくさい女』を簡単に点検しておきましょう。この作品は、最初の『神さまのおくりもの』とは違って、犯罪の中心部分——函館駅での録画と録音のトリック——は、実際に起こった三つの事件と無関係ですが、さっきも言いましたように、共犯の女性の依頼を受けて男性が計画犯罪に邁進する点は、前作と共通していて、それこそがしおりの実体験を照らし出すポイントになるとぼくには思われました。つまり、しおりの体験の中に、依頼による殺人と共犯のプロットが、根深く刷り込まれているかもしれないと思ったわけです。

ただ、ぼくが注意を払ったのはその点だけではありません。この作品の見どころの一つは、被害者がメガネを盗まれていて、その理由はなんだったのか、という謎解きだったのですが、その解答は、犯人が被害者にとって初対面だったので、本人確認のために盗んだ、というものでした。このトリックを実際に起こった三つの事件と合わせて考えてみますと、やはり最初の弓島殺害事件にあてはまるのではないかと見当がつきます。すなわち、松崎にとって弓島は、見ず知らずの人だったので、確認のため、という理由もあって、殺害ののち免許証その他を盗んだ、という事情です。おそらくこれも、松崎が実際にやったことをヒントにして、のちにしおりが小説の中に織り込んだのではないでしょうか。

このように見てくると、体験にもとづいて小説を書くと述べたしおりのエッセイが、ますます真実味を帯びてきます。それなら第三作の長編『立待岬の鷗が見ていた』にも、男女の共犯と依頼というパターンだけでなく、もっとほかに間接的なヒントが隠されていないだろうかと、探す気持ちになってきます。それがけっきょく、立待岬の事件、松崎の轢き逃げ事件の真相をつかむ手がかりになったのでした」

ジャン・ピエールはしおりのポートレイトが表紙に載った長編小説を手に取って一同にかざした。

「ただこの作品は、立待岬の近くの一軒家での、毒殺による殺人事件で、犯人が共犯の男女二人だったという点以外に、現実の事件と対応する部分が、なかなか見つかりません。兄と思っていた人が実際には兄の友人だった、といった身分の取り替えも、検討してみましたが実際には起こっていませんでした。柚木渉は間違いなくしおりの兄ですし、葉子ママは間違いなく従姉でした。一方、小説内の現場は雨上がりのぬかるみで、その点が雪の積もった大久保邸事件のことを思い出させましたが、小説のほうは外部との交通は遮断されたままで、外から誰かが手伝うといったことはありえない状況でした。問題の一軒家も、現実には存在しない山の急斜面に想像で建てられたということでした。

そう思いながら、物語を楽しむばかりで収穫なく読み終わったのですが、本を閉じたときタイトルにあらためて目が行って、『鷗が見ていた』という部分にアッと思わされました。この作品では鷗が見ていたのではないかというモチーフが、結末で上手に使われてるのですが、それだけではありません。たしか轢き逃げ事件の犯人たちも、当日の夜、立待岬の展望台駐車場の近くで、鷗が飛んでいたと発言していたのです。それをしおりは見たのではないか。ということは、轢き逃げ事件が起きたとき、現場にいたのは葉子ではなく、しおりだったのではないかという発想の転換がもたらされたわけです」

室内のあちこちから、ため息にまじって声が漏れた。

「この発想の転換が、けっきょくこの事件のすべてを合理的に説明し、さらには前の二つの殺人事件との関連を跡づける推論を提供してくれることになりました。そもそも大久保登美子殺害事件において、しおりと葉子は協力して松崎を手伝ったのですから、轢き逃げ事件のとき、彼女たちのうちのどちらが松崎と一緒だったか、それはどちらでもありうる話ですし、どちらにしても、その後二人が口裏を合わせる可能性はとても大きいのです。

ただし、もし最初から葉子が一緒だったならば、救急車への連絡は、もっと早くてもよかったのではないか、その点がひっかかります。では逆に、どうしてしおりではいけなかったのか、それを隠さなければならなかったのか、と言いますと、松崎としおりは、共犯としてすでに二つの事件に関係している以上、たとえ恋人だとか肉体関係などには該当しないとしても、その親しい関係を公にすることを、彼女たちはどうしても避けなければならないと考えたのです。

当日はおそらく軽い気持ちで、もちろん葉子も了承した上で、兄の渉のところへしおりを送っていく途中で、しおりにとっては久しぶりの函館だから、ちょっと立待岬でも見ていこうか、ということになったのでしょう。二人になった機会に、しおりにしてみれば、松崎に何度お礼を言っても足りない気持ちだったでしょうし、松崎にしてみれば、まだ捜査は始まったばかりですから、今後注意しなければいけないことなども話しておきたかったのだろうと思います。葉子はこの二つの事件が、最初のうちは自分に内緒で、松崎が独断で考えたことであっても、それもいかにも松崎らしい、一途で率直な思い詰めかただと考えながら、しおりと自分自身のために、おそらく喜びと不安を同時に感じていたところでした。

そこへ轢き逃げ事件が起こります。それが見知らぬ同士の偶然の事件だったことは、一緒にいたしおりには最初から明らかでしたが、彼女はその場に留まって救急車を呼ぶことができません。自分と松崎の仲を警察に疑われることはあまりにも危険だからです。困惑のあまり、彼女はまず葉子に電話をかけます。葉子が青柳町の自宅にいることはおそらくわかっていたのでしょう。ただし、その事故の瞬間にしおりが松崎を轢いた車のナンバーを覚えていたことは幸運でした。しおりはそれを葉子に伝えます。

電話を受けた葉子は、事情を聞いてとっさに考え、やはり松崎としおりを親密関係が疑われる立場に置くことはできないので、しおりと入れ替わる決心を固めます。あなたは立待岬から、一本道をまっすぐ、電車通りを突ききって、八幡宮の森にぶつかったところで右折しなさい。犯人の車を追うふりをすればいい。そのへんであたしの車にすれ違うから、車と服を取り替えましょう。これが葉子が提案したことの骨子です。しおりと葉子は体格も顔立ちも似た感じの従姉妹同士で、その上その日、しおりはたまたまサングラスをかけていましたから、あとはコートを取り替えただけでも、二人の服装の交代は簡単に、順調に運びました。車の往復を観察していた酒屋のご主人が、運転者が入れ替わったことに気づかなかったのは当然だと思います。

葉子はしおりからの電話を切ると、すぐ消防本部に電話をかけます。しおりからの電話で松崎の容体を尋ね、正面から胸と顔を轢かれたと聞いて、さぞ気が気ではなかったでしょうが、しおりと話しているあいだに五分以上の遅れが生じたことはしかたがありませんでした。それから葉子は車を出して八幡宮の道を通り、しおりと出会ってコートを交換し、車も交換して、葉子はそのまま立待岬へ向かいます。そろそろ救急車のサイレンが聞こえるころです。突然呼び出されたのですから、葉子が化粧も装身具もかまうヒマがなかったのはやむを得ないことでした。一方、しおりは葉子の車を葉子のマンションの駐車場付近に停めて、タクシーで渉のところへ向かいます。渉は約束よりもすこし遅れてしおりが到着した、しおりは葉子ママと連絡がつかなかった、と述べていますが、それ以上不審に思うこともなく、兄と妹は七飯町の実家に向かいます。あとは皆さんご存じの通りです。そういうわけなので、立待岬で松崎と葉子が別れ話をしたという説明も、ましてや松崎がいまわの際に、犯人を追えと葉子に手で合図をよこしたというエピソードも、葉子の必死のお芝居にしおりが口裏を合わせていた、という実情だったわけです。

こうして、二人が入れ替わることによって、救急車への通報がすこし遅れた理由、轢き逃げ犯を追いかける車が電車通りを右折しなかった理由が合理的に説明されることになり、またそれが、前の二つの事件の真相へ、ぼくたちをみちびいてくれることになりました。つまり前の二つの事件があったからこそ、松崎の事件はこういうふうに展開せざるをえなかったのだと納得することができるようになりました」

もうため息は聞こえていなかった。刑事たちの集団がこんなに静かになれるものかと俊介があたりを見回すほど、身動きの少ない沈黙が大会議室を支配していた。

俊介も何も言えず、ただジャン・ピエールを見つめていた。話し終えたジャン・ピエールは、穏やかな顔つきで水をまた口に運んだ。

まずは葉子ママが湯ノ川署の捜査本部に呼ばれ、質問を受けて、すべてを洗いざらい認め、申し訳ありませんでした、と頭を下げた。そこで警視庁に連絡が行って、柚木しおりの身柄を確保するように依頼を出すとともに、刑事が二名、しおりの身柄を引き取るために警視庁へ向かうことになった。俊介と山形が東京出張の担当者に選ばれたのは順当だった。

8

俊介たちは、話を終えたジャン・ピエールと、ゆっくり話し合ったりねぎらったりする時間が取れないまま、簡単に挨拶だけしてあわただしく出発した。

途中の情報によると、しおりはその日夫と一緒に自宅にいて、逮捕容疑を知らされるとしばらく絶句したものの、否定することはまったくなかったという。びっくり仰天したのは夫の吉川新太で、「本当なの? 本当なの?」と何度も妻に尋ねながら泣き出した。するとしおりも泣きながら、「本当よ。今までいろいろありがとう。最後に一つ、特ダネをプレゼントしたんだから許してね」と言って短い抱擁をかわしたという。

警視庁の——湯ノ川署とはだいぶ違う——清潔な取調室の一つで俊介たちが出会ったしおりは、ひたすら低姿勢で、化粧っ気のない白い顔には、若さが残っていると同時に、やはりこの人は小説家なのだろうな、と思わず連想するような深い皺が眉間や引き結んだ口許に浮かんでいた。

「やっぱり小説家になったのが間違いでしたか」と、一段落したときしおりはつぶやいた。

「そうですか」と俊介は曖昧な返事をした。

「……ただ頭の中で、空想をもてあそぶだけのつもりでも、小説というのは、自分でも知らない内面を、書いてしまうものなんですね」としおりは発見を語った。

「それはあんたが、まともな小説家だったからでないかな」と山形がにやりと笑いながら言った。

しおりは顔を上げて、また恥ずかしそうにうつむき、

「……ありがとうございます」と言った。山形は二度、三度うなずいていた。

俊介があらためてジャン・ピエールに電話をかけたのは、しおりを函館に連れ帰った三日後のことで、その間に葉子、しおりについての取り調べはほぼ峠を越えていた。三つの事件はほぼジャン・ピエールの推測どおりで、彼女たちはひたすら正直だった。

ジャン・ピエールはまた感謝状の贈呈を断った。大事件の五年ぶりの解決で、全国の新聞やワイドショーが注目し、どのようにして解決がもたらされたのか、鵜の目鷹の目で探ろうとしていたが、ジャン・ピエールが紙面やテレビ画面に登場することはやはりなかった。

「とにかくありがとう」と俊介は言った。

「うちの清弥子が、きみの大ファンだってことは知ってるよね。今は、大きくなったらフランスに行って刑事になるって言ってるよ」

「それは大きな野望ですね」とジャン・ピエールは笑った。

「それはね、将来フランスの警察に行けば、きみがそこにいるだろうと想像してるからなんだ」

「ありがとうございます。警官は父の職業だったので、十分に敬意は持っていますが、でもぼくが警官になることはなさそうだな」

「そりゃそうだよ。きみなら、もっとすごい仕事がたくさんできるよ」

「そんなことはありませんよ」

「とにかくきみの活躍のおかげで、湯ノ川署はホームランつづきだ」

「ホームランは皆さんの努力のたまものですよ。ぼくは資料を読ませてもらっただけで」

「それにしても、ずいぶん日本語がうまくなったんでない？」

とジャン・ピエールは笑う。

「そうですか、うれしいな」

「それに、小説からヒントを得るやりかたが、さすがだったよねえ。話のパターンだとか、そういうことフランスの学校で習ってたの？」

「いやいや、たまたま気がついただけです」

「おれなんか、ふだん小説読まないから、事実と比較ばっかりして、そこに著者の心理っちゅうのかい、そういうのを嗅ぎつけるなんて、考えもしなかったものなあ」

「きょうはいやに誉めますね」

「当然だよ」

「今回は鷗が解決したようなものですよ。『鷗が見ていた』っていうくらいだから」と言ってジャン・ピエールは笑った。

俊介はかつて、当時取り組んでいた事件についてジャン・ピエールと話しているとき、郭公がククーッと啼《な》いて、ジャン・ピエールに霊感を与えたように思われたのを思い出した。あれは下海岸の事件で、潮首岬の灯台の近くだった。今回は立待岬の鷗たちが、ジャン・ピエールに霊感を与えたのだろうか。おれたちが立待岬で見た鷗は、事件の夜に轢き逃げ犯たちが見た、そして柚木しおりが松崎正志と一緒に見たのと同じ鷗だったということだろうか。

そうかもしれないし、そうでないかもしれない。無理にこじつけなくてもいい。ただ、ジャン・ピエールが解釈したとおり、「鷗が見ていた」と書いたということは、その鷗を、作者が見ていたということなのだ。作者が「鷗を見ていた」ということなのだ。写実的な小説というのは、そうなってしまう仕掛けのものなのだ。気づいてみれば当たり前のことだけど、そこにはっきり気づかないまま、しおりはあの夜の貴重な体験を、残像を、胸の中からつい呼び出してしまったのだ。

「とにかく、ありがとう。またなにかあったら頼んでもいいかい？」と気楽に尋ねてみると、

「いいですけど、そろそろフランスに帰らなくちゃと思って……」とジャン・ピエールは言う。

「え、すぐにかい？」

「いや、来年か再来年ですけど、あっちの学校の試験を受けようと思うんですよ」

「へえ、大学？」

「まあそうですね。エコール・ノルマルっていうんですけど」

「そうかあ。さびしくなるなあ」

ジャン・ピエールは笑ったが、俊介は今からもうさびしくなっていた。それならジャン・ピエールが帰国するまで、せめてあと一つ、とびきりの難事件が起きてくれないかと、物騒な期待をつい抱いてしまいながら、ジャン・ピエールの伸びやかな笑い声を聞いていた。

解説

若林《わかばやし》踏《ふみ》（書評家）

「私は、〈ミステリはこの世にあるものだけで書かれたファンタジー〉と捉えている」
——有栖川有栖《ありすがわありす》『捜査線上の夕映え』（文藝春秋）

「『ははは、殺人はだいたい情緒的ですよねえ』とジャン・ピエールは笑った。」
——平石貴樹《ひらいしたかき》『葛登志岬《かっとしみさき》の雁《かり》よ、雁たちよ』（光文社）

人間の非合理的な姿を、合理的な推理で浮かび上がらせる。

平石貴樹の〈函館物語〉シリーズを一言で表現するならば、右記のような言葉が相応《ふさわ》しいだろう。小説内で描かれる世界は徹底して現実と地続きであろうとする一方で、いざ謎が解かれると理屈だけでは説明できない、不可解で不思議な心の動きが暴かれる。現実から飛翔する刹那《せつな》のような瞬間が現れるのだ。

『立待岬《たちまちみさき》の鷗《かもめ》が見ていた』は『潮首岬《しおくびみさき》に郭公《かっこう》の鳴く』（光文社文庫）に続く〈函館物語〉シリーズの第二作で、二〇二〇年七月に光文社より刊行された。本書はその文庫版だ。

シリーズの舞台となる北海道函館市は作者の出身地である。平石はこれまでも『スノーバウンド@札幌連続殺人』（光文社文庫）といった作品で北海道を描いていたが、あらためて自身の故郷を舞台にした小説を書いた理由を「小説宝石」二〇一九年一一月号に寄せたエッセイで述べている。

「観光地としてなら、函館はまあまあのところだ。函館山夜景をはじめ、見どころスポットはふんだんにあるし、おいしい食事やみやげ品にも恵まれている。

だが、私が書きたいのは観光地ではなく、地元の人のふつうの暮らし、その中で起こる事件である。観光案内を兼ねたミステリーのジャンルがあることは知っているが、幸か不幸か、函館はその方面ではもうさんざん取り上げられているし、私の傾向ともどうもちがう。私の函館には旅行者の視点はいらないのだ。全員函館人、全編函館弁で行きたいのだ。」

こうして出来上がったのがシリーズ第一作に当たる『潮首岬に郭公の鳴く』だ。同作は横溝正史《よこみぞせいし》の『獄門島』（角川文庫）の本歌取りを行った作品として高く評価されたが、改めて読み返すと実に奇妙な読み心地だ。俳句の見立て殺人や異国からやって来た名探偵など本格謎解き小説の古典的なガジェットを、リアリティを重視した警察捜査小説のフォーマットに組み合わせたような作品になっているのだ。先ほど紹介したエッセイの通り、函館という土地を限りなく現実に即した形で描く事がまず下敷きとしてあり、その上に探偵小説の道具立てを置いていくことで完成した小説なのである。平石作品の特徴というべき純粋な論理パズルの醍醐味はもちろん、水と油のような要素の掛け合わせによる捻じれも魅力の一つだった。

さて、第二作に当たる『立待岬の鷗が見ていた』は前作より二年後の二〇一八年、湯ノ川《ゆのかわ》警察署の舟見俊介《ふなみしゅんすけ》警部補がフランス人青年ジャン・ピエール・プラットに、過去の未解決事件について相談しようと思い立つところから幕を開ける。ジャン・ピエールは潮首岬で起こった事件を解決に導いており、俊介は再び彼の知恵を借りようと考えたのだ。

その未解決事件とは二〇一三年に入舟《いりふね》町、湯浜《ゆのはま》町、立待岬で起きた三つの事件である。この三つの事件は発生した時期が近接しており、それぞれの事件関係者が一部重複していた。しかし事件が起こった場所が別々であり、関係者が重なっていたことも偶然の結果なのかそうでないのか判然としないため、けっきょく未解決のまま時が過ぎていたのだ。俊介がこの三つの事件を思い出すきっかけとなったのは、函館出身の推理作家である柚木《ゆずき》しおりの作品を読んだことだった。実は柚木は一連の事件の関係者で当時は東京でバー勤めをしていたが、俊介の知らない間に推理作家としてデビューし、将来有望な新進作家として注目される存在になっていた。柚木しおりの作品を読んで五年の歳月に思いを馳せた俊介は、頭の片隅に押しやっていた当時の事情を改めて振り返る気になったのだ。

本書は第一章から第三章までで過去の事件における捜査の模様、後半部より名探偵であるジャン・ピエールが登場して事件の再検証と推理を行う、という構成になっている。この作品を読んだ時に想起するのは鮎川哲也《あゆかわてつや》の〈鬼貫警部《おにつら》〉シリーズだ。このシリーズでは、前半部で鬼貫以外の警官や事件関係者が調査を行い、後半から登場した鬼貫が前半の登場人物が集めた手がかりをもとに推理を進めることで真相を看破する、という構成を取ることが多い。謎解きのためのデータの提示を丹念に行いつつ、手掛かりの検討から純粋なロジックによって真実を見抜く名探偵の鮮やかさを強調するには、格好の描き方なのである。本作でも探偵役であるジャン・ピエールが華麗に謎を解くのだが、面白いのはあくまで打ち立てられた論理は整然としながらも、そこには人間心理の不可解さが垣間見える瞬間が出てくることだ。これは〈函館物語〉シリーズ全体に共通する特徴で、極めてリアリティのある世界を舞台に論理的な推理が披露されているのに、非合理的としか思えない人間の心の流れが必ず描かれる。人間とは不可解な生き物である、ということを純化されたロジックによって証明する物語と言い換えても良いだろう。

先ほど過去の事件を回想する前半と、ジャン・ピエールによる検証と推理が展開する後半に分かれている、と書いたが、その間には「柚木しおりの小説」と題された章が挟まっている。この章がたいへんに興味深い。柚木しおりは作者の平石自身を重ね合わせたキャラクターのように書かれており、この章では柚木しおりの言葉を借りながら平石自身の謎解きミステリ観が披露されている場面があるからだ。中でも注目すべきは次のくだりだろう。柚木しおりのエッセイとして書かれた文章である。

「(前略) ミステリーは (中略) 一種の『幻想小説』なのだ、といった議論がおこなわれている。最近ではしばしば、SF的な状況のもとで不可能犯罪の解明が試みられているのも、そうした『幻想小説』としてのミステリーの進化を告げているのかもしれない。

理屈の上ではそのとおりなのだろうが、小説は小説である以上、人生を映すものだから、理屈どおりにはいかないのではないか、とも思う。(中略) 私が好んで読んできた鮎川哲也や夏樹静子といった作家たちも、幻想小説を目指していたとは思えないのである。むしろミステリーでない普通の小説と地続きに繋がることを、かれらは目指していたのではないだろうか。」

ここでいう〝SF的な状況のもとで不可能犯罪の解明が試みられている〟最近の小説とは、いわゆる〝特殊設定ミステリ〟と呼ばれる作品群を指しているのだと思われる。〝特殊設定ミステリ〟は非現実的な要素を使って作品内に構築された世界のルールに従って推理が進められるタイプの謎解き小説であり、二〇一〇年代以降にデビューした謎解きミステリ作家ではこの趣向を好んで使う作家も多い。そうした現実から離れた舞台設定とは異なり、あくまで現実に立脚しながら謎解き小説を描こうとする平石の態度表明がされているくだりだと捉えることが出来るだろう。

ただし、これを単に非現実的な謎解き小説に向けた批判と捉えるのは早計だ。先ほども書いた通り、〈函館物語〉シリーズには論理を純粋に突き詰めた先に理屈では説明しづらい人間心理が露《あらわ》になる瞬間が描かれている。柚木しおりのエッセイを紹介する部分で書かれた言葉を借りれば、「理屈どおりにはいかない」人間の姿を、理屈を持って炙《あぶ》り出す小説を平石は〈函館物語〉シリーズにおいて挑んでいるのではないだろうか。有栖川有栖の『捜査線上の夕映え』では、語り手である（作者と同姓同名の）有栖川有栖を通して〝特殊設定ミステリ〟論を記しつつ、「ミステリはこの世にあるものだけで書かれたファンタジー」という作者自身のミステリ観が書かれているが、おそらく平石のスタンスも「この世にあるものだけで書かれたファンタジー」に近いのではないかと思う。非現実的な世界を舞台にしようと、現実に限りなく近い世界を舞台にしようと、元来謎解き小説とは歪みを孕《はら》んでいるもので、論理を究《きわ》めた向こう側に辿り着くことで歪みが顔を出すのだ。

〈函館物語〉シリーズは二〇二一年七月に第三作『葛登志岬の雁よ、雁たちよ』が刊行されている。『葛登志岬～』もジャン・ピエールの水際立った推理を堪能しつつ、人の心の不可思議な部分に触れる謎解き小説になっている。前二作と併せて、こちらもぜひ楽しんで欲しい。

二〇二〇年七月　光文社刊

地図作成　デザイン・プレイス・デマンド

※この作品はフィクションであり、実在の人物・団体・事件とは一切関係ありません。
函館市内の地名なども、実際とは異なる部分があります。

光文社文庫

立待岬《たちまちみさき》の鷗《かもめ》が見《み》ていた

著　者　平《ひら》　石《いし》　貴《たか》　樹《き》

2023年7月20日　初版1刷発行

発行者　三　宅　貴　久
印　刷　新　藤　慶　昌　堂
製　本　ナショナル製本

発行所　株式会社　光　文　社
〒112-8011　東京都文京区音羽1-16-6
電話（03）5395-8147　編　集　部
8116　書籍販売部
8125　業　務　部

落丁本・乱丁本は業務部にご連絡くだされば、お取替えいたします。
ISBN978-4-334-79556-6　Printed in Japan

組版　萩原印刷